匠者尽心

梦必生辉

"大国工匠人物传"丛书

郑春辉

在木雕里探寻「大世界」

陈建平◎著

中国工人出版社

图书在版编目（CIP）数据

郑春辉：在木雕里探寻"大世界"/陈建平著. 北京：中国工人出版社，2025. 9. -- ISBN 978-7-5008-8772-0

Ⅰ. I25

中国国家版本馆CIP数据核字第2025H01F83号

郑春辉：在木雕里探寻"大世界"

出 版 人　董　宽
责任编辑　傅　娉
责任校对　张　彦
责任印制　黄　丽
出版发行　中国工人出版社
地　　址　北京市东城区鼓楼外大街45号　邮编：100120
网　　址　http://www.wp-china.com
电　　话　（010）62005043（总编室）
　　　　　（010）62005039（印制管理中心）
　　　　　（010）62379038（社科文艺分社）
发行热线　（010）82029051　62383056
经　　销　各地书店
印　　刷　宝蕾元仁浩（天津）印刷有限公司
开　　本　880毫米×1230毫米　1/32
印　　张　7.25
字　　数　122千字
版　　次　2025年9月第1版　2025年9月第1次印刷
定　　价　49.00元

国之大者，工匠先行

——“大国工匠人物传”丛书总序

在中华全国总工会成立100周年之际，全国总工会宣传教育部、中国报告文学学会、中国工人出版社联合开展了“文艺工作者走基层”活动，推出“大国工匠人物传”丛书，向全国总工会献礼，向广大劳动者致敬！

“知者创物，巧者述之守之，世谓之工。百工之事，皆圣人之作也。”这是中国所见年代最早的关于手工业技术文献《考工记》中对工匠的记载。“工”之责在于造物，“匠”者为能工鼎识者也。

幼时，老家云南昆明大板桥的老街上，从南头到北头，都是大大小小的手艺人，木匠、石匠、焗匠、骟匠、竹篾匠、鞋匠、箍桶匠……空气中飘荡着木匠的刨花香和石匠敲打出来的粉尘，充满着焗匠手中皮带的“吱扭扭”声、骟匠刀下小猪猡的闷哼、箍桶匠皮锤不轻不重的敲击声。老街上的竹篾匠是我的一个表姨夫，他来自四川，有着一手出神入化的编造竹篾手艺。粗壮的毛竹是表姨夫手中的“百万雄兵”，在一把锋利无比的刀的指挥下，被劈成厚薄、粗细不一的篾。表姨夫的本领仅次于撒豆成兵的天神，他能化篾成物，一般家里能见到、用到的器物，他都能用竹篾编出来。母亲曾命我在老街上买一个暖水瓶的内胆，然后去表姨夫的摊位上，坐等他为暖水瓶胆编制一件竹制的外壳。那个暖水瓶至今还在我家老屋的一个角落里。竹篾壳早已被岁月包了浆，虽然久不使用，却依然油润、红亮。这便是我幼时对匠人的记忆。

五千多年的中华历史长河中，涌现出了无数能工巧匠，他们或如明月光照，或如星河璀璨。一代代薪火相传的工匠精神，不仅成就了那些流芳百世的绝世建筑与器物，更是烛照我们通向文明现代化进程的精神之光，是我们文化的自信心、民族的根与魂。

从“嫦娥”探月到“祝融”探火，从“北斗”组网到“蛟龙”深潜，从港珠澳大桥横跨三地到大兴国际机场凤凰腾飞……这些挺起中华民族脊梁的大国重器、世纪工程背后，无不凝聚着万千工匠的心血和汗水，映照着工匠们孜孜以求、拼搏奋进的身影。

本套丛书收录的是全国总工会历年评选出的大国工匠

的人物传记。他们当中有焊接高铁的“工人院士”李万君、打破国外高端设备维修垄断的王树军、让中国锻件立于世界之巅的刘伯鸣、“人刀合一”的顶级钳工李凯军、在高空“穿针引线”的竺士杰、油田里的创新能手刘丽、了不起的“钢铁裁缝”艾爱国、数控机床上的“雕刻师”孟维、让三星堆文物“活”起来的郭汉中……他们有的是传统加工业的锻造者，为了突破技术瓶颈精益求精；有的是新兴制造业的探路者，为了实现精密制造巧思妙想；有的是军工行业的铸剑者，为了打造国之重器默默坚守；有的是民间手工艺的守护者，为了传承非遗文化精雕细琢……他们奋战在国防军工、装备制造、传统工艺等行业的第一线，以久久为功的钻研和创新，造就了一个个传奇。

这些杰出的工匠，尽管行业不同、岗位不一，成长经历各异，但他们都有着爱党爱国、敬业奉献、创新争先的优秀品质。他们耐得住清贫与寂寞，用灵巧的双手和精湛的技艺，数十年如一日地在平凡的岗位上雕琢自己心中的梦想，以实际行动诠释着“执着专注、精益求精、一丝不苟、追求卓越”的工匠精神。“天下大事，必作于细。”工匠精神既是中华民族技艺世代传承的价值理念，又是中国开启新征程，从制造业大国迈向制造业强国的时代需要。

“大国工匠是我们中华民族大厦的基石、栋梁。”2024年3月5日，习近平总书记参加十四届全国人大二次会议江苏代表团审议时强调“树立工匠精神”，指出“没有金刚钻，揽不了瓷器活”，要“把第一线的大国工匠一批一批培养出来”。党的十八大以来，习近平总书记对建设高素质劳动大军高度重视，强调“当代工人不仅要有力量，还要有智慧、有技术，能发明、会创新，以实际行动奏响时代主旋律”，深刻阐述工匠精神“执着专注、精益求精、一丝不苟、追求卓越”的内涵要义，号召全社会弘扬工匠精神，“为全面建设社会主义现代化国家、实现中华民族伟大复兴的中国梦提供有力人才和技能支撑”。

“匠心聚，百业兴。”无论是传统产业，还是新兴产业、未来产业，大国工匠在发展新质生产力的历史进程中不可或缺。随着经济发展方式转型和产业结构升级，中国要实现由制造大国向制造强国的转变，实现由中国制造向中国创造的跨越，离不开广大劳动者的创新和创造，更离不开对工匠精神的继承和发扬，于是呼唤更多大国工匠成为时代强音。

文艺是时代进步的号角，最能代表一个时代的风貌，最能引领一个时代的风气。中国报告文学学会、中国工人出版社联袂推出“大国工匠人物传”丛书，以图书的形式为大国工匠树碑立传，让他们的故事和精神具有更广泛的交流传播价值和长久的史料价值。本套丛书的写作者奔赴大国工匠生活的城市，深入大国工匠工作的厂区、车间、工作室，获取了全面细致的第一手材料，最终将大国工匠的成长、成才故事呈现在读者面前。

“大国工匠人物传”丛书讲述的是个人奋斗史，也描绘出大国工匠的群体形象。可以说，这套丛书是目前国内系统研究众多大国工匠人生轨迹的权威读本，既有对每位大国工匠的整体介绍和事迹梳理，又有具体的事件、案例，全面、生动地展示了大国工匠各个人生时期的工作和生活状态。

新时代是奋斗者的时代，中国式现代化建设新征程这一宏伟事业为广大工匠技能人才成就梦想提供了广阔舞台。每位劳动者都是主角，都可以成为工匠精神的践行者。大国工匠是新时代的最美奋斗者，更是和平年代当之无愧的英雄。

国之大者，工匠先行，向着中华民族伟大复兴的目标砥砺奋进，行稳致远。

是以为序。

目 录

第一章 梦工场，两条河流蓄势待发

“上善若水。水善利万物而不争，处众人之所恶，故几于道。”

春秋末年，老子以水为喻，阐释人的行为与心境，倡导无私奉献、宽容谦卑以及顺应自然的高尚品德，通过对道的理解与顺应，达至与万物和谐共生的境界。这句格言，已在历史长河中荡漾了2500多年。

郑春辉，生于福建莆田的水乡，这片土地宛如温润的璞玉，秀丽的木兰溪从戴云山余脉蜿蜒而下，穿越丘陵、谷地、平原，最终汇入台湾海峡的兴化湾。郑春辉生于溪边长在溪畔，那清清溪流恰似生命的脉络，既润泽了亲切的乡土，也滋养了他的艺术灵性。

当他踏入木雕行业站稳脚跟后，其重要创作大多与水、与河流紧密相连，他从《水村图卷》起锚，驶向《诗韵江南》的清丽；从《清溪晨曲》启航，抵达《桃源胜景》的幽雅，又从《赤壁夜游》出发，奔赴《春江花月》的瑰丽，再从《清明上河图》的繁华，划向《京杭大运河》的宏博……串联起无数美好的艺术之境。

人生犹如两条河，一条是生活的流动，似按部就班的乐章，平稳而有序；一条是精神的流向，时而细流涓涓，温润心田，时而巨浪滔滔，壮阔磅礴。从生活的浅滩步入工艺的深潭，从乡愁的幽湾驶向追求的浩渺，郑春辉与河结下了不解之缘。

2024 年小雪时节，闽东南的莆田天空阴沉，西风凛冽，黄叶飘飞，北来的寒流宣告着冬日的来临。然而，马路边绿化带中，那些美人树（学名美丽异木棉）依然绽放着满树桃红，清秀俏丽，恰似那些爱美的姑娘，在这冬令交替之际，仍身着薄衫，无畏寒风，婀娜地穿行于街头。

由此可见，自然万物对美的向往，与人类那颗爱美之

思考中的郑春辉

心，似乎有着微妙的相通。然而，在高手云集的世界里，美不过是浅层的呈现，能配得上“大国工匠”之名者，绝非仅靠外表的光鲜，而是深入骨子里的优秀。

此前数次相约，郑春辉总是忙碌。他的忙碌，究竟是不想被打断创作思路，还是事务繁多呢？

直到这天再联络：“春辉，今天有空吗？我要过去找你。”

“好啊，我就在美术馆这边，您过来吧，欢迎欢迎！”

郑春辉团队的工匠高亮

手机那头，传来他语速颇快的声音，一如既往地急促。

语速快，要么事务多，要么性子急，或许他是因为事务多而导致语速快，久而久之，便成了习惯。

啊，终于约上了！我松了一口气，赶忙驱车前往。

莆田美术馆坐落于凤凰山西南麓，距我所在的北郊天马山脚诗山路并不遥远。我驾车沿着长长的荔城大道疾驰，穿过九龙山隧道，越过潺潺流淌的钟潭溪，不多时便来到莆田美术馆右侧。这里曾是贝克啤酒厂车间，外边成排的菩提树，宽大的叶片在风中摇曳。

推门而入，我瞬间被这宏大场景震慑住了。往昔的大型车间，如今已变身大型木雕创作工场，只见在那长达 150 米、宽约 130 米的创作空间里，正中墙壁上悬挂着大红横幅，上面醒目地写着："央视一套《非遗里的中国》播出 120 米长巨型木雕《京杭大运河》、50 米长大型木雕《百里兰溪图》创作现场。"

站在门边张望，高大宽敞的工场里光线略显昏暗，18 棵巨大樟木分列两行整齐地横卧其中，在列车般排列的长长木雕件、工作台以及忙碌的工匠身上，顶灯、近灯、聚光灯汇聚，乍看去，宛如两条鳞甲闪闪即将腾飞的巨龙。不，在这"梦工场"中，分明是两条河流正蓄势待发。

侧耳聆听，雕刻机、电锯、电钻、凿刀、针刀、电风扇、鼓风机交织出的声响吱吱嗡嗡、嘈嘈切切，恰似千里大运河奔腾的哗哗流水声、船舶有节奏的摇橹声、河岸纤夫们整齐划一的拉纤呐喊声、街市商贩此起彼伏的叫卖吆喝声，它们仿佛正从远古传来，萦绕着你的神经，纠缠着

郑春辉现场指导团队成员

你的想象。

这般场景，如梦似幻，何曾见过。

偌大的工场中，弥漫着樟木独特的清香，传递着大地与山川的质朴气息。郑春辉身姿挺拔，目光明亮，身着深蓝衣衫，远远向我点头致意。他正陪着莆田木雕博物馆设计团队，一边观赏巨型木雕件，一边指点讲解，还不时停下脚步，频频接听手机，也不知这是他当天接待的第几拨客人了。

在讲解员小薛的陪同下，我缓缓靠近那巨大的诱惑——那排列整齐的巨型樟木，郑春辉创作团队正全力攻坚木雕巨制《京杭大运河》。小薛介绍道："这12棵樟木，每一棵长度都超过12米，最长的那棵长达19米。右侧这一行共有8棵，长度120多米。郑大师要以大运河为主线，刻画运河两岸秀美的自然风光、城市风貌以及古代繁忙的漕运盛景。作品采用镂空雕、透雕、精微透雕等莆田传统木雕技法，最终呈现出一幅壮观的立体山水长卷木雕。"他又指向左侧说："左手这行有4棵樟木，用来创作莆田的母亲河《百里兰溪图》。"

京杭大运河，举世闻名。它是世界上里程最长、工程最大的古代运河，也是最古老的运河之一。它凝聚着中国

郑春辉用笔为《京杭大运河》做粗坯记号

古代劳动人民无穷的智慧与血汗，是伟大的物质遗产，更是珍贵的人类遗产，流淌在历史的长河中。大运河发端于春秋时期，历经岁月的洗礼，在隋朝初步形成，唐宋时期不断发展，到元代时，已然成为沟通海河、黄河、淮河、长江、钱塘江五大水系，纵贯南北的水上交通要道。它彰显着中国古代水利航运工程在世界上的领先地位，留存下丰富的历史文化瑰宝，孕育出一座座魅力四射的名城古镇，沉淀了深厚悠长的文化底蕴。

大运河，是贯穿民族、朝代、国家的生命线。在两千五百多年的历史长河中，它宛如一条奔腾不息的巨龙，为中国的经济发展、国家统一、社会进步与文化繁荣立下不可磨灭的功勋。从保护人类文明的宏观视角审视，大运河在中国独一无二，其在人类历史发展的价值更是举世公认。毫不夸张地说，京杭大运河是古代劳动人民在中华大地一锤一凿、前赴后继“雕凿”而成，凝聚着无数的心血与汗水。

如今，大国工匠郑春辉率领他的劳模工作室创作团队，正凭借“雕凿”之力，把这一历史壮举重现于艺术的“梦工场”。当千年运河的呼吸在香樟木上苏醒，当万里山河的骨骼在刀锋下重生，我忽然懂得：真正的艺术从来不

《京杭大运河》创作现场

是对现实的摹写，而是让时空在某种永恒的精神中相遇。

目光转向那长长的工作台，郑春辉麾下的工匠们正以刀作笔、以木为纸，全神贯注地进行雕琢作业。他们或站或坐，或跨或骑，或趴或卧，姿态各异，尽显劳动创造的质朴之美。随着刻刀、凿刀、尖刀在木头上的灵动穿梭，河流、船只、城市、古塔、桥梁、树林等形象逐渐清晰起来。壮硕的男匠师高亮，干脆躺卧在两米多高的大木丫上，宛如一只倚天“壁虎”，用巧手雕出一串飘浮的祥云。

《百里兰溪图》所刻绘的木兰溪，是福建省东南部独流入海的重要河流，也是莆田人的母亲河。它发源于戴云山余脉仙游山黄坑头的一眼清泉，自西北向东横贯莆田市中、南部，最终在三江口注入台湾海峡兴化湾。它宛如欢快的竹笛曲，顺着山势奔腾而下，流入沼泽湿地，跌落深峡山谷，穿越梯田丘陵，沿途与众溪交汇融合，逐渐蜕变成宽广深邃的大河，又似如歌的行板，缓缓流进肥沃的仙游东西乡平原，绕越莆田古城，自西向东贯穿莆田大地，润泽了下游广袤的南北洋平原。

木兰溪流淌着野花和萤火虫的梦，流淌着一代代关于乡土的歌谣，流淌着莆田人坚韧不拔的生活信念。它那强劲的水流如同血脉，滋养着莆田儿女的生存姿态与生命情调，浸润着这片土地的文化风姿与文明华彩。它不仅把沿途的粮食、果蔬、水产及工艺品输往各地，还塑造了莆田人“刻苦耐劳、顽强拼搏、勤俭节约、忠厚谦和、勇于奉献”的地域性格，以及这方百姓“地瘦栽松柏，家贫子读书”的重教传统，将无数莆田学子带向祖国建设的各条战线。

2018 年以来，“生态文明的木兰溪样本”如同一股清流，哗啦啦地流淌进《人民日报》、新华社、中央电视台等数百家媒体的版面和屏幕，展现在海内外亿万受众眼前，流淌成一道亮丽的风景线。

如今，郑春辉创作团队立志以木雕艺术重塑这条母亲河。作品选用4棵巨型樟木，连接起来总长50米，双面雕刻总长100米，借助百米木雕展现木兰溪流域的莆田二十四景，彰显木兰溪沿岸的秀美风光与“国家历史文化名城”莆田的深厚底蕴。此刻，4棵雕材上已完成绘图和部分粗坯制作。

2014年，大运河荣耀入选世界文化遗产名录。2017年，木兰溪跻身“全国十大最美家乡河”。长河雕廊，承载着这位大国工匠的家国情怀；故园清溪，哺育了这位农家之子的草木情愫。两河并蓄，家国交融。

毫无疑问，这两件木雕巨制，相较于郑春辉那件荣获吉尼斯世界纪录的《清明上河图》，更具冲击力与震撼力，必将成为“莆田木雕博物馆”的镇馆之宝，在世界工艺美术的璀璨星空中，也将成为经典之作，熠熠生辉。

送走博物馆设计团队后，郑春辉片刻未歇，便引领我走进工场一角的休息室。他简略介绍道，大运河木雕创作分为江南卷、中卷、北方卷。北方卷从北京延伸至山东聊城，中卷自山东济宁至扬州，江南卷自江苏镇江至浙江杭州。整个作品要深度挖掘燕赵、京津、齐鲁、淮扬、吴越等中华文明核心区域的文化内涵，展现纵贯南北的水上交通要道的独特魅力。

我看到，长度 28 米的江南卷已进入细坯修光阶段，中卷细坯也大部分完成。而北方卷的一棵原木上个月才进场，郑春辉加班加点在原木上完成拓稿后，匠师们正忙着

郑春辉为《京杭大运河》打坯

凿打粗坯，反映北京的排尾一棵已基本进入细坯制作。

木雕《京杭大运河》，采用中国山水画散点透视创作，长卷布局融合艺术化构图与郑氏雕刻技法，通过镂空雕、透雕、莆田精微透雕等精湛工艺呈现。连同《百里兰溪图》共设有 16 个工作面，计划耗时 5 年完成创作。自 2023 年 3 月 27 日开工以来，按计划将于 2025 年春节完成整条大运河 8 个工作面的细坯与部分修光，《百里兰溪图》也已完成拓稿与部分粗坯。或许是事务太过繁忙，郑春辉语调略显急切地强调：“时间较赶，我们得加快创作进度！”

难能可贵的是，这个“梦工场”对外敞开大门，外地来宾、媒体记者、网络主播、各界观众都可自由进入创作现场观摩、报道，有时一天有七八个团队、上百名游客前来现场看稀奇。郑春辉有时还得亲自陪同来宾讲解。

我不解地询问：“这会不会影响进度呢！”

“当然会给创作增添一些纷扰。”

郑春辉语气一转，又说：“但这是必需的，这件巨作的诞生需要众人共同见证，我欢迎大家前来参观，多提宝贵意见。”

这一做法，充分展示了他的魅力与自信，令人钦佩。

回头再看“梦工场”，雕刻在进行，设计在细化，慢直播在围观，旁边是移动的镜头，还有三三两两的观众。

此时，一个疑问在我心中悄然萌生，这位国家级工艺美术大师，究竟是怎样一步步成长起来的？他又是如何磨砺成为“大国工匠”的？

第二章

悠悠木兰溪，浇培了一个农家孩子的艺术之梦

郑春辉的“梦工场”不远处，莆田的母亲河——木兰溪，正悠悠流淌。它宛如一位温婉的母亲，深情地守护着这片土地，低语着往昔的故事。

莆田这座城市，与水相伴而生，依水发展成长。木兰溪承载着这座城市古老的记忆与传说。

据明代周瑛、黄仲昭合编的《兴化府志》记载，莆田的南北洋海滩和东西乡湿地，是自然力量的杰作：“溪与海相互出入，山与水彼此吞吐，此为冲阳和阴，二者血肉

相连，故而秀气凝聚、人才辈出。”以现代视角来看，这般经年累月的“相出入”与“相吞吐”，实则是海水“海积”与溪流“洪积”相互叠加的结果。其奇妙的造化在于，自魏晋南北朝时期起，莆田南北洋、仙游东西乡的前身海滩湿地，便已伴随着海潮与溪流的协奏，逐渐展现在先民们的眼前。

倘若站在壶公山巅，回望遥远的岁月，便能想象莆田先人们在蒲草蔓延的海滩湿地中蹒跚前行的身影。他们赤着双脚，深一脚浅一脚地踩过泥泞，挥洒着辛勤的汗水，筑起一道道土坝，围垦出一片片田地。渐渐地，茅屋、池塘与草场如雨后春笋般出现，袅袅炊烟在田埂环绕的茅屋上空升起，鸡鸣犬吠相互应和，交织成一曲质朴的田园乐章。

随着时光的流转，一垄又一垄的田畴不断向周边拓展延伸，恰似墨迹在宣纸上缓缓晕染开来；杂乱分布的茅屋如同山林间冒出的蘑菇，逐渐聚集成一个个原始村落。清晨与薄暮时分，一缕缕人间烟火在村落上空缭绕，升腾于壶公山、龟山、天马山、九华山、凤凰山等山麓之间。

河流与大地相亲相拥，与乡土相牵相连。木兰溪干流全长 105 公里，流域面积达 1732 平方公里，年均径流量为15.52亿立方米。因其得天独厚的自然条件，它汇聚了沿途99座山中孕育的中岳溪、龙华溪、仙水溪等360条支流，滋养了下游南北洋399条河沟。可谓泉流汇聚成溪，众溪合流成河，诸河相汇成江。木兰溪如同一条巨龙，连接着群山与大海，串联起丘陵山地、沟壑河谷、平原村野以及海滨商埠。其南北两岸与支流河川绵延千里，水系交织成网，荔林如带，小桥流水与阡陌交通相映成趣，养育了360万勤劳勇敢的莆田人民。

往事越千年，沧海变桑田，木兰溪下游两岸经过溪流持续不断地冲积，加上先民们辛勤的围垦耕耘，逐渐形成464平方公里美丽富饶的南北洋平原，又称兴化平原或莆田平原，也是福建省第三大平原。这片肥沃的土地，历经治水与耕耘的朴素濡沫，成为八闽古府之一——兴化军立基和壮大的根本。

大山凝结着古老的记忆，长河叙述着悠远的故事。莆田人素来以“壶山兰水”指代自己的家乡，“壶山”指壶公山，“兰水”即木兰溪。壶公山如同雄伟的雕塑，静静矗立；木兰溪则似灵动的佳人，款款而行。壶公山作为父亲山的精神象征，抵御着台湾海峡的狂风，是兴化古城的天然屏障；木兰溪作为母亲河，用她的乳汁滋润着莆田大地，孕育出这片土地上的万家灯火。

郑春辉的老家城郊霞林村，距离下游木兰溪约一公里，拦溪的宋代水利工程木兰陂堰左右开弓分流出两条河渠，它们宛如两条绿色的绸带，飘荡在南北洋平原上，河渠两岸荔枝树郁郁葱葱，成就了风光旖旎的荔林水乡。他家距离北岸导流河约 500 米。悠悠小河从村庄旁田野间蜿蜒而过，撩拨着孩童们那颗好奇探秘的心。而好奇心，正是最好的老师。

他依然清晰地记得，小时候河旁有洒满阳光的一汪汪池塘，塘边瓜架上爬满丝瓜、苦瓜。六七岁时，他就在塘里学习游泳，小手攀住瓜架，双脚在水里扑腾，慢慢松开手，便在水里划开了。到了八九岁，非得去河里游才觉得畅快；还会兴致勃勃地掏溪贝、摸田螺、捉螃蟹，像一条“哧溜溜”的小鲇鱼，顽皮好动不在话下。荔枝成熟时节，这小子竟会偷偷溜出课堂，七拐八弯地逃学，踅到村外河畔的荔枝林。他与小伙伴们淘气地攀上树，摘下红红的荔枝用衣裳兜住，一旦被守荔人发现，便迅速爬向伸向水面的树杈，“扑通”一声跳入河中逃之夭夭，只气得守荔人吹胡子瞪眼睛。

郑春辉随手在图纸上勾勒出小时候的逃学路线，笑着

爱绘画的少年郑春辉

向我说明：“翻过校园的矮墙头，穿过这条巷弄，再越过小石桥，然后跑进荔枝林，直到窜入河塘，那盛夏的光景，故园的风情，至今回想起来，依然如在眼前。”

泥瓦房、卵石路、老榕树、土地庙、老戏台、六角亭……家乡山水固然秀丽，农家的生活却颇为艰苦。1958 年人民公社化时期，郑春辉的父亲郑祖蝉前往泉州汽修厂当学徒，后与母亲林秀玉生育了 4 个孩子。子女众多，又要照顾体弱多病的二叔，每到年终生产队结账，他家常是入不敷出。郑春辉感慨道："'透支'，在农村是个令人难堪的字眼，分不到多少谷子，收成不好的时候甚至要挨饿，能吃上一碗线面就觉得很开心。"

莆田的母亲，是我们多难民族母亲的缩影，以生存的坚韧、持家的勤勉、无畏的奉献，彰显了她们的伟大。"后

父亲与三兄弟，左二为少年郑春辉

来分田到户，我母亲辗转于田里园间，种水稻、培甘蔗、栽花生、打理菜地，拼死拼活劳作，常常忙到午后许久才回家。我是家中长子，心疼她太过辛苦劳累，便去村塘帮她挑水，却遭到人家的讥笑，说男孩子干妇女的家务活。”

回想少时经历，郑春辉不禁摇头叹息：“14岁起，每逢假日我便帮母亲操持各种农活，顶着炎炎烈日收稻谷，手臂被晒得脱了一层皮。台风来袭时，要给比人还高的甘蔗培土，身上被蔗叶割出一道道血口。我还学会了使唤耕牛，犁田、耙田。”

提及“耙田”，他站起身来，边做示范动作边说道：“要这样一手拉住牛尾，双脚张开踩在耙上平衡用力，这可是个技术活。”正是这些成长经历，成为他人生的第一笔财富，铸就了他坚韧不拔的性格。

几乎所有孩童，都曾以想象为翅膀，热衷于涂涂抹抹，郑春辉小时候曾在霞林村后的锦亭山里放牛，山里有一条钟潭溪，牛在一旁吃草，他便躺在溪边大石头上看三杯盅瀑布。那细长的水流奔腾着“三级跳”而下，注成三个酒盅般的小潭，仿若仙境一般。依照瀑布，他的手指头不自觉地跟着描摹，想象自己就是神笔马良，回家后，他用粉笔画下人生的第一幅画。父亲看后十分惊讶，给予了

郑春辉在村后钟潭瀑布旁

他许多鼓励。正因如此，他对绘画的热爱得以延续一生。虽然没有进入学院学习的机会，却以“野生”的方式坚持了下来。

20 世纪 80 年代初，郑春辉更喜欢绘画了。堂叔郑玉辉见他颇有天赋，便送给他一套《马骀画宝》，这本书成为他的第一位“艺术老师”。他对书里那些人物、山水、花鸟走兽的线条着了迷，并结合自己的奇思妙想，将许多历史典故描摹在墙体上。

他在接受采访时说：“读中学时，我把每天中午的餐费节省下来，用于购买美术书刊学习。我很想报考美术院校，但因为种种原因，我未能加入学校的美术小组，进入专业院校学习的愿望也未能实现。1986年，我进入泉州雕刻厂打工，用挣到的报酬购买了《美术向导》《美术大观》《美术》等书籍，作为学习资料，这些书籍成为我的

少年郑春辉在自己所画的壁画前

良师益友。我依靠自学和摸索，一点点积累美术知识。除了美术，我还喜欢文学，喜欢古典诗词，也喜好音乐与朗诵，这些爱好日后都融入我的创作中，成为我创作灵感的源泉。”

莆田古称兴化，这方水土不仅科举兴盛，人才辈出，还孕育出众多高僧大德，以及“妈祖”这般的神话人物。在这里，现实与传说相互交融，界限模糊。数不清的社庙宫观散布在泥墙朱瓦的村落之间，而且每隔不久便是仙佛菩萨的生辰或者成道纪念日。神仙高人并非只隐匿于深山大壑，他们也驻扎在普通老百姓身边。经历“文化大革命”时期“破四旧”后，改革开放的春风吹绿了山水田庄，也唤醒了传统民俗风情，农村乡野开始重建宫庙。

霞林村的父老乡亲发现，在那座乡愁般的泥瓦屋里，竟然住着一个想要星空的孩子。于是，便问他敢不敢给村里在建的宫庙画壁画，小春辉初生牛犊不怕虎，竟大大咧咧地一口应承，且画得有模有样。渐渐地，河边的妈祖宫，钟潭的观音殿，邻近村庄大小宫庙的墙壁，都成为他施展才艺的舞台。在少年人眼里，艺术不仅仅是神怪仙佛、英雄人物、妈祖出游以及二十四孝等传统故事壁画，更是平实真挚的生活。人家看他年少，画一幅壁画才给几元钱，他却因收获微薄报酬而满心欢喜，这也是对他的一种肯定与激励啊。

对初出茅庐岁月的回望，充满了美好与感慨。郑春辉回忆：“1983 年我 15 岁时，曾在东圳渠道边的妈祖宫描绘了千里眼和顺风耳。后来，我还在钟潭观音殿的屋檐下，画过刘海和济公，它们至今还在那里。”

我特地去看了观音殿屋檐下的那两幅壁画，画面中，衣袂飘逸的拾得抬着芭蕉叶追逐蜻蜓，肩扛扫帚的寒山抬着脚跟去捉螃蟹，笔触虽然稚拙，童趣却跃然于壁，尽显少年意气。

他解释说：“那时我连结构、线条都似懂非懂，就只管凭感觉画，虽然谈不上绘画的技法，但整体造型看起来还不错。”

如今，56 岁的他站在壁画前，与 15 岁的自己相遇，隔了近 40 年的漫长时光，消却了年轻的火气与锐气，却多了一份深沉与睿智，那是岁月沉淀后的独特韵味。

多子女的农家生活艰辛，沉甸甸的担子压在母亲肩上。初中毕业，为了分担家庭经济压力，少年春辉毅然辍学，要去学习手艺谋生。随父亲摆弄汽车修理，他毫无兴趣。跟着老乡做泥水匠，他又有些恐高。而对鼓捣木雕，他倒是上了心。于是，他拿着家中卖甘蔗所得的100元钱，沿着木兰溪顺流而下，拜民间木雕艺人吴凤鸣为师。父亲叮嘱他："你要往技艺方面发展，就要沉下心来，不要左顾右盼，三心二意。"他把这话牢记在心，拜师之后，便一心一意将绘画功底与木雕技艺结合起来。

他记忆犹新："1985年正月初五，我前往黄石镇惠上村拜师，当天晚上就住在师父家，夜听屋外的风声雨声，

郑春辉与父亲在老家门前

辗转难眠。第二天一早，便随师父乘坐沟船到木兰溪入海口附近的桥兜村，再换乘三轮摩托车到涵江公社上林村干活。”此后，他如同一朵漂萍，跟随师父游走于莆田石庭、梧塘、萩芦、忠门、东埔等平原、山区和沿海的各个寺庙。很快，他便学会了木锉、斧劈、刀刻等木雕活。他回忆：“我先学木雕件的凿底修平、压面修光，接着学雕刻‘卐’字装饰线条，随后便放手学习雕刻装饰花窗、神案、护栏、供桌等图案……”

吴师傅心地善良，对徒弟的功夫要求却很严格，初入门的郑春辉从中受益良多。几个月后，他便能雕出质量颇高的平雕作品。遇到木质疏松的杉木，他主动开动脑筋设计工具，用竹子做成锯子。这种竹锯不仅锋利，而且不会损伤木材。师父看他脑袋瓜灵光有潜质，便给他压任务，让他得到更多实践锻炼的机会。

郑春辉介绍，财力不同的乡村，对宫庙装饰花样的要求也各有不同。普通的乡村，仅要求在平面上雕刻一层。富裕些的，会要求雕刻得精细些。而财力雄厚的，则会要求在神案、供桌上雕琢多层，形成半圆雕和高浮雕的效果，莆田民间俗称“三层透”。所雕内容既有花鸟山水，也有人物，多为牡丹仙鹤以及《封神榜》《西游记》《三国演义》等民间故事和传说画面。

跟师过程中，他仔细观察每一处细节的处理，用心揣摩如何运用传统技法让这些木雕既符合寺庙的庄严氛围，又能展现木雕艺术的精妙之处。凭借天赋与勤奋，郑春辉很快便能熟练驾驭木雕技艺，在众多学徒中脱颖而出。

一年后，经泉州汽修厂父亲的同事之妻庄明霞介绍，郑春辉“游”进泉州雕刻厂，更系统地学习木雕技艺，一刀一刻夯实自己的功底，用汗水和技艺谋求生计。有一段时间，他跟着庄明霞师父做计件报酬的彩木雕，所雕刻的多是猫头鹰、鸭子、马等动物摆件，按计件算工资。

他回忆道：“做一个鸭头工钱两毛六，我加班加点，一天能做 50 个，一个月能赚到 300 多元，比我爸的工资高多了。那时的教师每个月工资才 100 元左右呢。因为我做得规整，不但给师父长了脸，也缓解了家庭的经济压力。后来为了成家娶媳妇，我就更加努力了。”

郑春辉 22 岁成家，与夫人黄美霞育有一儿一女，如今，贤惠的妻子帮忙打理“工作室”的后勤事务，毕业于福州大学厦门工艺学院的女儿郑暖冬负责营销管理，儿子郑家梁从天津美术学院毕业后，正在景德镇陶瓷学院攻读博士学位。一家人都跟艺术结了缘。谈到不让人省心的女

郑春辉与妻子黄美霞

儿，他带着慈父的宠溺调侃道："让她卖小作品，小作品倒是一件一件卖没了，钱也不知道去哪儿了！"说罢无奈地一摊手，引得旁边的人忍俊不禁。

他创办的"全国示范性劳模和工匠人才郑春辉创新工作室"，坐落在距离"梦工场"两公里开外的锦亭山下，就在"春晖木雕艺术馆"旁，面朝木兰溪，拥有30多位从学徒起步的匠师。

锦亭山林木繁茂，郁郁葱葱；木兰溪清流潺潺，静静流淌。锦亭山沟壑间的"钟潭噌响"与木兰溪陂堰的"木兰春涨"，自古便是列入莆田二十四景的著名景观。木兰溪承载着兴化地域的悠久历史，塑造出莆田族群独特的地域性格，滋养了文献名邦浓郁的文化风情，也培育出郑春辉这位雕刻名家。"钟潭噌响"如钟如鼓又如磬，奏响这位"大国工匠"劳动创造的崭新篇章，见证着他在艺术道路上的不断前行与辉煌成就。

那是一曲属于莆田、属于郑春辉的动人乐章。

第二章

大千世界，惊艳了海峡东岸艺术圈

莆田，这座坐落于福建沿海中部、台湾海峡西岸的城市，历史悠久，文化繁荣。自古以来，这里便是文教昌盛、英才辈出之地，被誉为“海边邹鲁”“文献名邦”，是中国历史文化名城。莆田自然风光旖旎，民风淳朴，更是海上和平女神妈祖的诞生地。

秀美的兴化平原，孕育了源远流长且绚丽多彩的莆田传统文化。而以木雕为代表的工艺美术，便是其中一颗璀璨的明珠。莆田作为中国木雕的主要发祥地之一，与乐清、东阳、潮州并称中国四大木雕之乡。莆田木雕与浙江东阳木雕、潮州金漆木雕、乐清黄杨木雕，同属中国木雕“四大名雕”，具有独特的文化韵味与浓郁的地域特色，是中国木雕的重要品类之一。

莆田木雕始于唐宋，盛于明清，风格独特，自成一派，以“立体圆雕、多层次镂空雕、精微透雕”等传统工艺闻名遐迩。其雕刻题材丰富多样，涵盖人物、佛像等。它最早源于寺庙建筑装饰以及佛教、妈祖造像。据记载，唐代佛教在莆田盛行，当时寺庙众多，木雕遍布其中，佛像雕刻技艺高超。到了北宋，民间木雕逐渐流行，现存宋代妈祖神像便是例证，其雕刻风格古朴简洁。宋末元初，各类木雕作品更加精妙，有表现唐代梅妃、宋代陈文龙的圆雕神像传世。明代，莆田木雕擅长圆雕佛像与平雕建筑装饰，风格简洁清新，多地天后宫仍留存明代木雕文物。清代，莆田木雕走向结构精巧、装饰华美的辉煌，故宫里藏有乾隆年间莆田艺人的木雕作品。历史上，莆田木雕名家辈出，他们的作品彰显了深厚的文化底蕴与工艺魅力。

新中国成立后，莆田木雕迎来了新的发展机遇，佳作频出，创作水平跃居全国前列。改革开放以来，它从民间工艺逐渐发展转型为现代文化创意产业，规模不断扩大，集群效应显著。木兰溪沿岸建成了“海峡艺雕城”“仙游古典家具博览城”“莆田工艺美术城”等多个工艺集群，形成了长达20公里的木雕工艺家具长街。如今，莆田已成为全国最大的木雕生产与集散地，木雕产业成为当地的支柱产业，撑起了经济发展的一片天。

莆田木雕不仅蕴含着艺匠们的文化与审美，更展现了民间工艺的独特神韵，体现了深厚的历史文化内涵。2003年，莆田荣获“中国木雕名城”称号，这无疑是对其木雕艺术的高度认可。

得益于与生俱来的绘画热爱，以及地域文化与工艺传承的滋养，郑春辉对木雕艺术的情感经历了从谋生手段到兴趣萌生，从兴趣渐浓到痴迷热爱，从真心热爱到开拓创新的深刻转变。这份热爱如同熊熊燃烧的火焰，在他心中炽热地跳跃，激励着他格外勤奋努力，不断探索木雕艺术的无限可能。这是一种深深扎根于生命里的情怀，是融入灵魂深处的迷恋。正因如此，他才能够毫无怨言去拥抱它，全身心地投入木雕创作中，为自己的生命赋予了全新意义。

时光荏苒，郑春辉在泉州雕刻厂度过了七个春秋。七载春风秋雨，两千五百多个忙碌而充实的日子，他全面系

郑春辉身无旁骛地创作

统地掌握了木雕制作的各个环节，技艺越发娴熟精湛，但也陷入了模式化的困境。唉，生活就是这样，不会因岁月的累积而自动变得美好。木雕作业亦是如此，并非完成一件作品，难题就会减少一分。郑春辉不禁扪心自问，难道自己要像其他木匠一样，日复一日地雕刻那些动物造型，制作“大路货”工艺品，就这样消磨掉一生吗？

昨夜西风凋碧树，独上高楼，望尽天涯路。郑春辉身陷一方车间，犹如一只被困的飞鸟，越发渴望冲破牢笼，飞向广阔的天空。于是，他毅然回到莆田老家，进入木雕名家方文桃开办的工艺厂，努力提升圆雕人物和透雕景物的创作水平。经过一番严苛的身心淬炼，不久后他便自立门户，创立“郑春辉木雕工作室”，踏上属于自己的艺术征程，那时他年仅 26 岁。

起初，他的作坊多为台商代工，利用台商提供的桧木和梢楠木，雕刻用于喜庆场合的“恭喜匾”，虽然形式较为单一，但某些创意已初现端倪。随后，善于思考的他不愿囿于传统范式，开始另辟蹊径，摸索属于自己的创作风格。就像少年时大胆为宫庙描绘壁画一样，他拓宽思路，借鉴前人的作品并大胆创新，以大千世界为师，把中国画与雕刻技艺巧妙融合。

就在这个时期，他与中国木雕大师闵国霖结成了亦师亦友的缘分。闵国霖科班出身，十分看好这位极具潜力的年轻同行，不仅在艺术理念上指点他，教导他如何讲究作品的虚实相生，对立统一；还在人生观、思想观上影响他，语重心长地对他说："莆田的老板很多，不差你一个，你要专心搞创作，可别被暂时的利益诱惑了去经商！"

闵国霖的这番话，涉及一个古老的人生命题：清贫助艺，名利伤才。郑春辉牢记闵国霖的教诲，动情地说："闵国霖一句话，对我人生道路的选择起了关键作用。"

有一次郑春辉患了病，闵国霖上门探望，还为他开了一剂心药："创作需努力，名利要看淡，人要放松，顺其自然，别老是处于紧张状态。"

这些年来，每逢人生低谷，郑春辉都会想起闵国霖的这些教诲。

2000 年，一位台湾客商带来一段制作茶桌剩余的桧木皮料，请他随意雕刻。郑春辉对着木料端详许久，从木头的颜色纹理中，仿佛看到生机盎然的山野间，隐藏着一群姿态各异的骏马。他以浮雕为主，结合微雕技法，还融入西方绘画的透视写实风格，尝试设计出《百骏图》。

这一过程，犹如一场与木头的对话，他用心倾听着木头的诉说，用手中的刻刀赋予其新的生命与灵魂。

不久后，一件构图繁复、细节考究的浮雕《百骏图》便跃然而出。仔细看去，这是一幅游牧的盛大图景，百匹骏马或卧或立，或嬉戏玩耍，或觅食吃草，或休憩养神，或饮水解渴，悠然自得、疏密有致地散落在山水旷野之间。作品下半部分，他巧妙地借助桧木的天然纹理，营造出溪水的优美波纹，构图复杂而又充满情趣，洋溢着生机与活力。那时还没有针刀，所有细节均由他手工雕刻完成，这让台商眼前一亮，又惊又喜。

出乎意料，这件作品被台商以两万元工钱取走后，在台湾竟以 300 万元台币（约合 80 万元人民币）售出，充分展现了他创作的独特价值。

随着他的更多木雕作品流入台湾宝岛，郑春辉在台湾业界的名气越来越响，大家都称他为“马辉”，恰似徐悲鸿因画马栩栩如生而被誉为“马王”一般。他备受鼓舞，随后又结合根雕的特点，创作出大型的《百猴图》《百鹿图》《百鹤图》《百龙图》等，这些作品在民间寓意封侯进禄，福寿绵延，龙跃云津。

作为中国木雕之城，莆田拥有十万木雕大军。木头硬

《百龙图》

邦邦，为了让其“柔软”起来、更具通透感，一些能工巧匠施展精湛技艺，刻出了细腻的水纹，刻出了随风飘舞的头发和裙裾，刻出了指压肌肤的质感，甚至雕出了轻触就能颤动的蛛网，但多数作品仅停留在技术层面，缺乏思想内涵。郑春辉称其为“炫技”，他笑着说：“这就是要让人家看看，我能雕刻得这么细，这么好，这么繁复！这就是炫耀的资本。”话语中虽有调侃，但也透露出他对木雕艺术更深层次的思考与追求。

大千世界，人间百态。大自然的花鸟虫鱼、飞禽走兽，让郑春辉的雕刀忙个不停。其中《福寿康宁》《九龙戏珠》《百鸟朝凤》等寄托吉祥如意的作品，一度大受欢迎。他雕刀下万象纷呈，在他雕刻的《万物生辉》中，古松矗立、山石嶙峋，下方是牛、马、鹿、羊等动物，松间猴子嬉戏玩耍，上方旭日映照下是一群凌云直上的仙鹤，真可谓万物欣荣、景象辉煌。

再看他雕刻的《绿色家园》，野地里绿草如茵、野花盛开，石缝间生长着一丛藤萝，一群鸡儿四处游荡、刨食觅虫，其中有引吭高歌的公鸡，有呼唤小鸡的母鸡，也有活泼可爱的雏鸡，两只鸽子也前来凑趣，充满了浓郁的乡村气息。这便是南方的乡村，他所熟悉的童年家园，弥漫着一种祥和与温馨，能触动人们内心深处最柔软的角落。

闽台两地一衣带水，血缘相近，民俗相通。情感丰富的郑春辉通过作品，雕刻出了自己对生活的理解，那些取材于大千世界、赞美自然万物的作品，深深震撼了海峡东岸的客户群体与收藏圈子。越来越多的台商慕名前来定制、求购，有的还带来了珍贵的沉香木。2009 年，他创作了第一件沉香木雕作品《九龙八凤图》。此后，他以工钱抵木材的方式，从台商手中陆续得到一批沉香木料。这也

《百鸟朝凤》

《万物生辉》

《春晓》

《绿色家园》

《绿色家园》局部

成为他作品风格转变的重要开端，引领他走向更广阔的艺术天地。

春天，洋溢着活泛的生机。在一个春日的清晨，郑春辉来到离家不远的木兰陂，探寻“木兰春涨”的壮丽景致，望着自仙游山奔腾而来的溪水，汹涌腾跃，越过陂堰，滚滚东去，奔赴霞光映照下的大海，他耳畔仿佛响起了《三国演义》的主题曲——“滚滚长江东逝水，浪花淘尽英雄”。他顿时心潮澎湃，豪情满怀，忽然眼前一亮，仿佛看到了未来前行的方向。

那是一种对艺术新境界的向往与憧憬，如同一束明亮的光，照亮了他继续前行的道路。

第四章 乡愁，是一种永恒的母题

在每个人心灵深处，都隐匿着一份对故乡的眷恋，那是对生养自己土地最纯粹、最真挚的情感。童年那美丽的村庄，村里那悠悠流淌的小河，恰似一条轻柔的丝带，缓缓绕过家门；那横跨河面的古桥，默默地见证着岁月的更迭；那桥头的老榕树，如绿伞撑起了一片凉爽；那妈祖宫与老戏台，承载着乡亲们的信仰与欢笑；那田间扶犁的大叔，弓背在土地里播下希望的种子；那粉墙朱瓦上升起的袅袅炊烟，恍若母亲温柔的手臂，一次次在郑春辉的梦中招摇……

“自远古以来，中国人灵魂深处的乡愁基因，就驱使我们不懈地探寻精神家园，去追寻真善美，进而凝聚成一股向善向上的强大力量。”郑春辉笃定地认为，对诗意生活的向往，绝不会被时光的洪流冲淡。所以，在他涉足木雕艺术后不久，便将对家园的深切眷恋，转化为创作的不竭源泉。

一个静谧的中午，阳光透过窗户，洒落在自家的工艺作坊里。郑春辉静静地站在一块桧木前，突然来了灵感。他拿起粉笔，在木料上轻轻勾勒，接着用电锯切割出大致轮廓。那时，旁人还难以揣测，他究竟要雕琢出怎样的作品。他专注地涂画着，手中的刻刀不断调整，在粗坯上一点点添加细节，直至一个可供打细坯的雏形呈现，一切才清晰起来——好一幅田园牧歌式的美景。

这便是郑春辉创作的浮雕作品《故乡》，采用散点透视法构图，凭借巧妙的布局与精湛的技法，在疏与密、散与聚之间，营造出故乡家园那宁静而醇厚的独特意境。相较于《百骏图》，它鲜明地打上了郑春辉的“乡愁”烙印，情感真挚且表达精彩。我常常在想，这个故乡，或许就是他那被万达城覆盖的霞林村落，又或许是所有天涯游子梦口的家园，承载着人们对往昔岁月的无尽思念与眷恋！

莆田籍作家郭风在散文诗《叶笛》中写道："那只是两片绿叶，把它放在嘴唇上，于是像我们的祖先一样，吹出了对于乡土的深沉眷恋，吹出了对于故乡景色的激越的赞美，吹出了对于生活的爱，吹出自由的歌，劳动的歌，火焰似的燃烧着的青春……"

郑春辉感慨道："这篇作品深深影响了我，我深爱脚下

郑春辉创作照

这片养育我的土地，再加上那段难忘的农耕生活，让我选择了山水田园题材这个创作方向。”从那以后，他便孜孜不倦地用雕刀“吹奏”着故乡的“叶笛”，乡愁成为他创作的母题，萦绕心头，挥之不去。

中国木雕源远流长，可追溯到原始社会的新石器时代，悠悠七千年的岁月长河中，其题材以龙凤为主。虽说工艺精致，却往往难以与木材纹理完美相融。这种过于追求雕琢的精美，反倒掩盖了木材天然的纹理之美，致使作品缺失了应有的质朴韵味。郑春辉仿若一位勇敢的艺术探险家，大胆借鉴中国画的章法，融入现代美术理念进行创新。他独具慧眼，依据木板的年轮、色泽精心设计，最大限度地保留木材的天然本色与形状，凸显出韵味无穷的美感。

郑春辉说：“我们不能仅停留在炫耀技艺的层面。有些人总以年轻时凭借两把斧子快速砍出个人物造型而沾沾自喜，这其实并无太大意义。我们不可能教导后人，继续用斧头去砍削人物。文化创造，应有它的精神价值。”

他的意思很明确，一件作品，无论雕刻得多么逼真、精细、精美，看似无可挑剔，但它终究只是一件工艺品，唯有注入情感，赋予思想，它才有了灵魂，具备真正的生命力，这也是对木料生命的唤醒。从他创作的《家园》中，便能清晰地看到这种创作思路。他这样回味这件作品的创作过程：

“洗尽一天的忙碌，泡上一杯清茶，惬意地坐在书房，端详着眼前的这块木料，琢磨着能雕出件什么样的作品。木料外形线条起伏多变，纹理丰富，在茶烟的氤氲中，蓦然，我仿佛看到了遥远山村中那茅屋上升起的炊烟，在夕阳余晖的映照下，与山谷中的烟岚融为一体，让黄昏中的

《家园》（国家博物馆收藏）

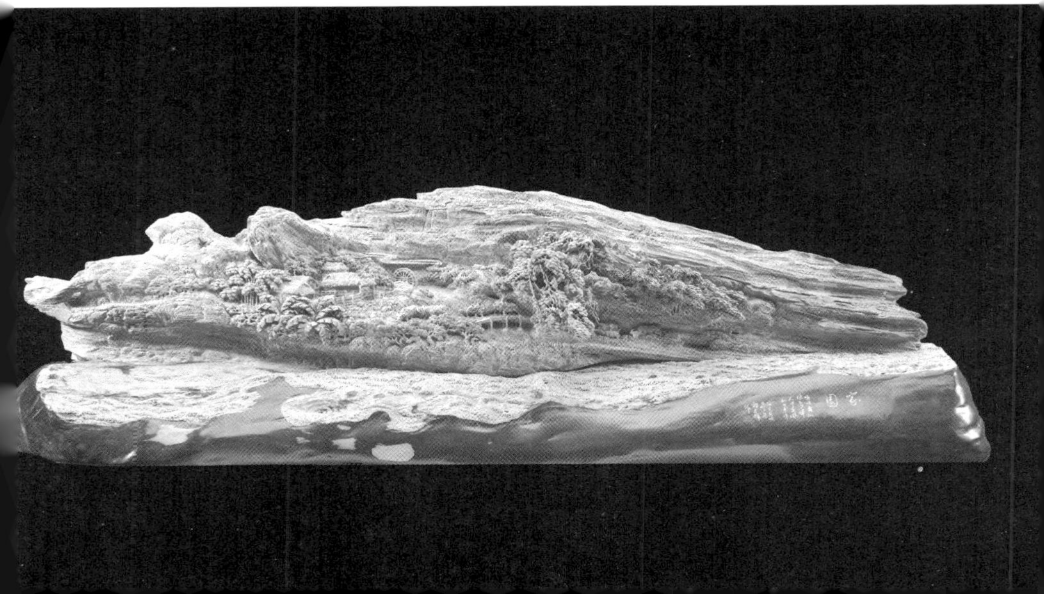

山村如诗如画。而眼前这杯茶水，分明就是村前那条潺潺流淌的溪水，凛冽甘甜、回味绵远。这是世间任何溪流都无法比拟的。定睛细看，烟气之中又变幻出一幅画面：夕阳西下时，牧归的短笛惊起了归巢的倦鸟，扰乱了一片片残阳，构成了一幅充满生机与诗意的画面。水车永远吱呀呀地转动着，诉说着岁月的流逝。没过多久，当七八点星光闪烁之时，山前山后蛙声一片，稻花香里说丰年，那是乡村夜晚独有的韵味。打开窗，外面高楼林立，万家灯火辉煌，与我心中的乡村形成鲜明对比。我呷尽了杯底浓得透彻的茶水，拿起笔在木头上画出构思好的轮廓。我把童年的歌、少年的梦，还有如今中年的惆怅都融入它的怀抱，我把那无尽的乡愁，乡愁啊，深深刻进了这永恒的《家园》。”

这便是他的乡愁，伴人入梦，抚慰心灵。那潺潺的溪流，袅袅的炊烟，牧童的短笛，稻花的芬芳，柳暗花明处，农家腊酒醇，蛙声一片时，村巷灯火暖，春风细雨里，蓑衣耕犁忙，是谁在这自在悠然的地方找寻到了真实的自我？沧海桑田，岁岁年年，又是谁在苦苦坚守着那美丽的家园。

《故溪梦中流》《乡情悠悠》《故园山水梦中诗》等作

《故溪梦中流》

《乡情悠悠》

《故园山水梦中诗》

品正是如此，每一刀每一画都是郑春辉对过往岁月的温柔抚摩，那浓浓的乡愁，如同袅袅炊烟，丝丝缕缕，沁人心脾。

在《故溪黄稻熟，一夜梦中香》里，夜色深沉，万籁俱寂，唯有河面上船行划过的轻微声响，让人想起鲁镇的迅哥儿，当年夜里坐船去赵庄看社戏的情景，橹声、渔火、戏台、笛音、月亮，还有小顽童们撒野偷罗汉

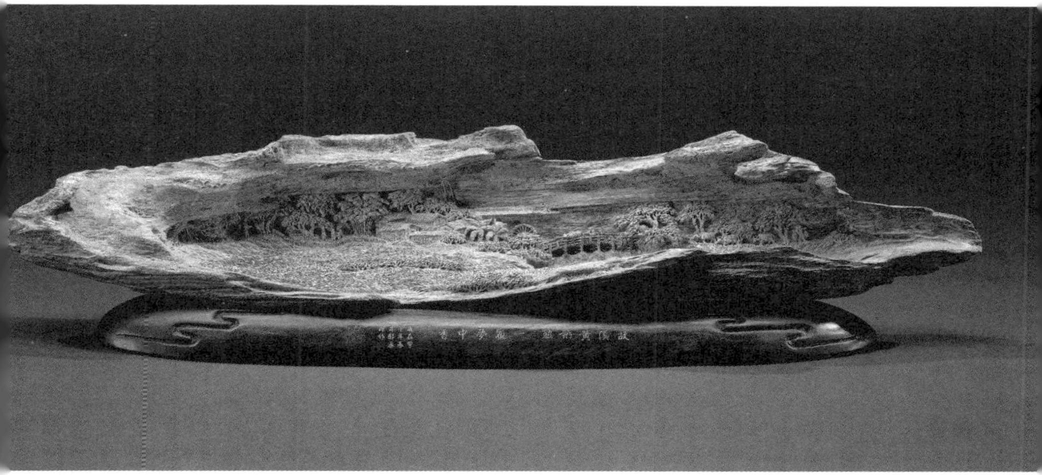

《故溪黄稻熟，一夜梦中香》

豆……都成为一种既亲切又难忘的回味，可惜如今再也寻觅不到这般情景了，那河畔随风摇曳的稻浪，像一把把锋利的镰刀，割痛了神经。

《溪边古榕》中，他不仅将古榕树那苍劲有力的枝干刻画得入木三分，更对盘根错节的根系进行了精心雕琢，仿佛在默默诉说着树与大地之间千年的相依相伴。榕树下，几位老人悠然摇着蒲扇，谈笑风生，孩童们嬉笑追逐，银铃般的笑声在空气中久久回荡。那是刻在记忆深处的儿时情景。

《木兰谣》是郑春辉对童年记忆的深情追溯，对家乡母亲河的深切怀念，对故乡自然风光的由衷赞美。木兰溪流淌的是故土的亲切、故乡的韵味。在那栩栩如生的立体画面上，仿佛能听见溪水的潺潺流淌、鸟儿欢快鸣唱，让人仿若置身于那充满生机的荔林水乡，沉浸在家乡的温馨之中。

《梦里家园》系列恰似一幅幅徐徐展开的精美画卷，构成了郑春辉心中最宁静、最温婉的乡村生活景象，那是他心中理想化的故乡，有他梦中的山川河流，有他幻想中的和谐家园。每一件作品都是他情感的寄托，美得让人仿佛回到童年和老家，深深撩拨着人们心底的乡愁。

有个长期漂泊在外的乡亲，童年时曾回故乡与奶奶共同生活了几年。故乡对他来说，就像一个遥远而美好的梦，在记忆里若隐若现。后来，他在郑春辉的“乡愁”作品里，惊喜地找到了童年故乡的模样，那座横跨木兰溪的石桥、桥头那棵高大的榕树，是他童年记忆里最美的风景。他站在作品前，仿佛被施了定身咒，久久凝视，不禁潸然泪下。看到这一幕，郑春辉深刻地明白，只有创作凝聚人民智慧与情感、抒发人民生活理想的作品，才能打动人心，激发人们内心向善向上的精神力量。

艺术的神奇魔力，在于将遥远的人间烟火，锻造成可供后世仰望的璀璨星空。怪不得业内行家称赞，郑春辉以质朴的视角感受着生活的无常变幻与艺术的永恒魅力。随着雕刻时光的悄然流逝，年复一年，“故乡”成为他创作的核心主题。他的作品中，承载着对往昔单纯生活的追忆，对在现代都市中逐渐消失的田园情怀的留恋，对一个精神家园的深情怀念，而这，又何尝不是对人类未来的美好祝愿呢？

数年前的一个春节，中央美院教授、雕塑家卓凡（“中国书房”主讲人）回乡探亲，郑春辉和卓凡有过一场关于乡愁的艺术交流，在莆田“生态会客厅”绶溪边，我见证了这场学院派学者与实战派艺术大师之间的思想碰撞。两位艺术家围绕“唯有家山不厌看”展开了深入对话。

卓凡说起他在北京的“百年讲坛”上，如何用舞台场景演绎的方式，把中国书房文化的精髓展现给大家。他用“书”“香”“琴”“舞”四个篇章，穿插书法、古琴等表演，现场阐释美的内涵、中国式审美的特质、场景式美与传承式美的区别，以及中西方艺术的差异。他的讲座，让北大师生听得津津有味，也让“中国书房”走进了人民大学和国家大剧院，备受欢迎。

郑春辉深表赞同，他认为无论是现场讲座，还是作品创作与展示，要是能巧妙融入其他艺术元素，便能产生放大和倍增的效果，木雕艺术创作也是如此。他强调，文化艺术能够净化人的心灵，好的艺术家呈现出来的精美作品，会给人一种心灵的感动，从而让人不断提升和超越自我，这是艺术创作的目的，也是艺术家的责任。

卓凡提议：“郑春辉木雕作品展览的主题应该命名为

《山村晨曲》

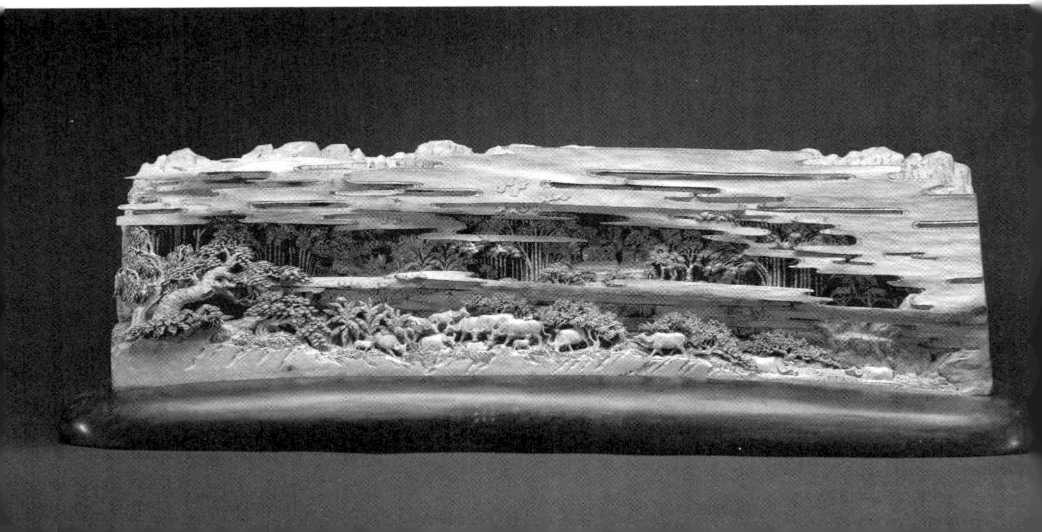

'唯有家山不厌看'。中国人对山水的情结是一种智慧、一种情怀，你走进宁德市下党乡，那里曾是习近平同志扶贫的地方，你创作了那件《山乡多锦绣》，那种主题其实不好做，能做得这么雅气，不简单。"

郑春辉接过话头："文化艺术能够净化人的心灵，好的艺术家呈现出来的精美作品，会深深地打动观众，进而提升人们的审美水平与艺术情趣。随着国家发展越来越快，国民文化素质日益提高，审美理念和艺术品位也在不断变化和提升，逐渐成为中国人的一种生活方式。莆田木雕经过多年发展，产业规模与从业人数都很庞大，现在面临的问题是从业者很多，但真正有创意和创作能力的人少，特别是模仿之风盛行。一件真正的艺术作品，是创作者经验的积累、对世间万物细致观察的结果、人文情怀的彰显，通过作品抒发自己的理念与情感，这是模仿的人做不到的。所以，我们必须追求创新与创意能力的提升。"

两位艺术家沿着绶溪河岸悠然漫步，一边走一边交谈。碧绿的溪水蜿蜒流淌，荔枝林带如诗如画，远处红瓦村舍半遮半掩，眼前的美景美得让人仿佛回到了童年。

郑春辉感慨道："莆田是一座很独特的城市，有山有海有平原，还有这些如诗如画的江南水乡景致。唯有家山不厌看，我喜欢雕刻山水田园，很大程度上是被眼前这些景物打动，我年轻时曾写过‘碧水绕村映桃柳，荔树成带随溪飘’的诗句，就是对故乡美景的赞叹，这对后来的艺术创作也是一种情感支撑，老想着把故乡的山水融入创作中。乡愁到底是什么？它连着先祖、连着岁月、连着未来。我们崇尚的生活方式，是与自然和谐共生，正因为这样，才孕育出苏州园林、徽派建筑、莆田建筑等独特风格。中国人最早领悟‘诗意的栖居’，后来德国哲学家海德格尔才提出这个概念。我创作山水田园作品，就是对这片乡土的深情寄托，这样的地方，永远是我们心灵栖息的精神家园，是我们灵魂的归宿。”

卓凡觉得，莆田人的思维更为灵活敏捷，这背后是妈祖文化赋予的包容、开放、拓展、进取的精神力量。作为妈祖故乡的工艺美术家，应该拓宽视野，放大格局。令卓凡钦佩的，还有郑春辉的大局观。这种大局观，源自他对生养自己故土的深厚情感与无私投注，稳固而深沉。

郑春辉越发来了精神。他动情地说：“我的野心有点大，我们搞工艺美术的很多人都想把作品变现为资金，但我得意的作品舍不得卖，我选择创建木雕艺术馆的路子……”

春回大地，万物生辉。黛绿色的荔枝树林沿着绥溪蜿蜒伸展，抬头望去，溪水碧绿如玉，一只竹筏悠悠摇过，仿佛摇进了唐宋诗画；溪岸上，一些荔树老根形态各异，宛如盘龙伏虎，十分奇崛。当“卓尔不凡”与“春来生辉”相遇，他们的随性对话，便流淌成一派艺术的芬芳。

2015 年 1 月 20 日，习近平总书记在云南大理白族自治州湾桥镇古生村考察时又提到，新农村建设一定要走符合农村实际的路子，遵循乡村自身发展规律，充分体现农村特点，注意乡土味道，保留乡村风貌，留得住青山绿水，记得住乡愁。这句话深深触动人们心灵的柔软处，引发无数人的情感共鸣。2016 年 4 月 25 日，在安徽凤阳县小岗村召开农村改革座谈会时，习近平总书记再次提到，“保留乡村风貌，留住田园乡愁”。

乡愁，代表着根与血脉，承载着历史记忆与家国情怀，代表着文脉的延续与精神的归宿。记住乡愁，不仅是文明传承、乡土认同的关键，更是对人与自然和谐共生、宁静致远境界的呼唤，是对天人合一、古今交融、望山见水人文情怀的重拾，是对炊烟袅袅、小桥流水、鸡犬相闻、睦邻友好、夜不闭户诗意空间的营造。乡愁的背后，是人与人、人与自然的和谐相处之道，那是一种古老而美好的生活智慧。

对乡愁的深情回望，当然是为了更好地砥砺前行。对郑春辉而言，刻进作品中的童年的歌、少年的梦，都是他浓得化不开的乡愁。乡愁早就融入他的血液里，成为他身体不可或缺的一部分，每时每刻都在悄然流露。正像他自己所说：“如今身居高楼林立的城市，时常涌起‘问明月家在何方’的感慨。山水田园，就是我心中的一方净土。”

第五章 方寸桃源，沉香木上的诗情画意

人生漫漫，恰似一条蜿蜒曲折的长河，知己难觅，这种知己未必仅存于茫茫人海之间。遥想当年伯牙抚琴，那灵动的指尖在琴弦上跳跃，技艺虽已娴熟，然而琴音中总觉缺了些许独特神韵。直至他登上东海蓬莱山，聆听澎湃汹涌的涛声，体悟自然的神奇与深邃，才谱出流传千载的《高山流水》。而后，他遇钟子期，子期竟能洞悉他琴韵中“意在高山，志在流水”的幽微意涵，二人遂成“知音”。

“高山流水”的佳话，经过岁月长河洗礼，流传至今，

宛如一首古老的歌谣，在时光中悠悠传唱。从艺术视角来看，伯牙与琴、子期与琴音，又何尝不是心灵相通的知己呢？

对于郑春辉来说，他与沉香木的相逢，或许是命运的巧妙安排。沉香木遇到郑春辉，恰似找到了知音，而郑春辉幸遇沉香木，则开启了雕艺的崭新境界，极大地扩展了他创作的张力与边界。凭借着深刻而透彻的体悟，他将木雕艺术提升到了一个全新的境界。

郑春辉说道：“在沉香木作品创作当中，要克服几个问题：一个就是在整个构思的画面当中，我借鉴了中国山水画的布局。创作形式方面完全可以有些拓展，所以我就利用沉香木来创作山水田园题材作品。另外就是要根据比例来创作，沉香料都不大，在不大的空间当中雕刻桥梁、房屋、树木、人物等，而且沉香木易碎、不宜细雕，所以很考验人，必须有扎实的雕刻功底。”

21 世纪初，郑春辉以雕刀为笔，沉香木作纸，凭借深厚的文学积淀与灵动的思想扁舟，驶进古典中国文化的幽谧天地，驶进他的“方寸桃源”的诗情画意之中，在艺术的世界里探寻着未知的美好。浙江东阳也有山水题材的木雕，但只是一种装饰性的浮雕，追求的仍是精雕细刻，而中国山水画的灵魂，却是古代文人营造的一种意境，一种基于客观之上的主观创造。在中国民协召开的学术研讨会上，业界专家评论，从情感表现和艺术开拓而言，郑春辉大胆运用现代美学的理念，锐意创新，以现代雕塑手法结合传统雕刻技法，开创了“中国山水田园木雕”的全新境界。

沉香，是极为稀缺的天然香料，居“沉、檀、龙、麝”诸香品之首。其源自瑞香科特殊树种白木香种、蜜香种、鹰木种，这类树木受到雷击、虫咬、刀砍等伤害后，会在受伤病变部位分泌出致香树脂，历经漫长岁月在病变部位缓慢积聚，终成沉香。这种结香过程仿若苦行僧的修行，极为漫长，树龄上百年乃至上千年的沉香木，方能孕育出上品。试想，在极为贫瘠、瘴毒弥漫且恶劣的环境中，历经天地风雨洗礼、虫蚁细菌侵袭，人兽伤害与时光磨砺，弃腐朽而留精华，才成就这千姿百态、满含自然形态美的沉香木，也为木雕艺术提供了丰饶的创作载体，它是大自然馈赠给人类的珍贵礼物。

一个阳光明媚的春日，我走进绿树婆娑的“春晖木雕艺术馆”二楼，这里展示的大部分是郑春辉珍贵的沉香雕品。郑春辉指着这些心血之作感慨道：“二十多年前，一位台湾客商带了几块沉香木请我雕刻，使我有幸接触到这人间至宝。从那时起，我就开始收集沉香木来创作木雕，我喜欢它黝黑形体散发的古朴、典雅气质，它淡雅的馥郁香气给人一种本能的沉静。”

宋朝士大夫群体流行四大雅事：焚香、点茶、挂画、插花。焚香位居首位。自沉香融入宋人的精细生活后，明、清两代的宫廷皇室、文人士大夫阶层及富裕百姓，都推崇用沉香木制作造像、文房器物、配饰等，由于沉香木生成状态及结构的独特性，在其实体空间创作，情思能够在无限时空里自在驰骋、遨游、寄寓，直至捕捉到心仪的物象情境，效果奇妙非凡。但受材料所限，大件沉香雕品难得一见。

艺术的底色是修养，木雕也不例外。木雕大师的养成，关联古典人文修养，金石书画修养、音乐文物修养，乃至哲学与玄学修养等诸多层面。出于对文学艺术的爱好，郑春辉在木雕创作之余，爱好文学、勤读诗书、广交良友、常观展览、喜赏音乐，付出诸多心力，这也使他的文化综合素质不断提升。他对唐诗宋词信手拈来。兴致高昂时，便会微微仰头、轻眯双眼，声情并茂地吟诵，同时还会不由自主地用手比画，仿佛在脑海中勾勒一幅想象中的作品，描绘着小船、拱桥、茅屋、竹林……提及《赤壁赋》《山行》中格外欣赏的名句时，他会轻轻摇头、口中“啧啧”有声，流露出难以言表的赞叹。正因他把诸多优秀传统文化元素融入创作中，所以人们在欣赏他的作品时，除了技法之美，也能从中感受到诗歌之美、音乐之美、人生之美。

纵观天地之间，万象纷纭，清风明月，流云飞霞，江河湖海，高山流泉，葱茏树木，共同造化了自然之大美，这种客观景物，触发了中国人无尽的思考，而他们不被表象迷惑，从中萃取精华，融入自身主观认知，将睿智与含蓄注入其中，以表达自身的审美理想。这种凝聚着丰富智慧与情感，彰显东方艺术崇高审美理想的艺术，便是中国山水画。

郑春辉认为，在中国工艺的历史长河中，因为木雕长期从属于建筑、印刷、装饰、实用等功能的限制，以山水为题材且独立存在并具有独立审美价值的作品寥寥无几。直至如今，木雕表现形式中，人们看到的山水题材作品仍多为浮雕，历代沉香木的雕刻，也多以花鸟、走兽、人物及亭台楼阁为主，独立的山水题材作品尚未现身。而将中国山水画的创作理念与中国古典诗词营造的意蕴，同形体丰富的沉香木相结合，进行再创造，正是他木雕作品的探索、创新与突破所在。这宛如在岁月的素笺上，用灵动的笔触绘就独属于他的艺术“桃花源”。

通过与沉香木的深度交流，郑春辉感悟：“很多沉香木的形体就像天然的山水画，它们身上凹凸的块面，起伏的轮廓，丰富的脉络构成山水画创作的绝佳载体。所以沉香木雕刻时，依物象形最为重要，构思要求依形取势，尽量保留天然形态，取舍之间，是两个空间的交换呈现，有诗性的判断，有理性的感悟，有物我神遇的惊喜。当三维实体空间传导给人以观念情感时，总会给人一个无形的想象空间，这就是智慧和感悟的体现，正如老子哲学里说的‘知其白守其黑’这种艺术创作境界，‘有无相生’是整件作品的‘活眼’，在木雕上创作构思动刀时，一定要记住对木料后面那个空间的塑造。”

由于许多沉香木体积较小，创作过程中，除了运用镂空雕、透雕等技法，有些还需按照比例采用微雕和莆田传统的精微透雕方能完成。得益于长期的业界浸染，加上自身的慧眼灵心，这些技法对郑春辉来说并非难事，真正的挑战在于深度的解读、热忱的投入、执着的坚守、精益求精的反复雕琢；还在于能够静心近物、久坐不懈、耐住寂寞、不为外界所扰。这也所谓“不忘初心、方得始终”。

因此，流连于郑春辉的沉香艺术馆，诸多作品远观时浑如朽木，近看却似白蚁之工，仿佛是大自然与艺术家共同创造的奇迹。对沉香木饱含敬意和尊重的结果，是千年古典故事的重新演绎和延展。

徐霞客曾两度游历永安桃源洞。有一年夜晚，郑春辉与家人同游永安桃源洞。天色渐暗时，他接到同学来电，催促他快回去，众人都在等着他呢。于是，他匆忙往回赶。那一刻，他满心惆怅，回想起自己所读的徐霞客《闽中游记》。当年这位大旅行家赏完桃源洞，回返至溪边，天已漆黑，看到“孤灯穿绿坞，几若阴房磷火”，便独自返舟，沿洞口流出的小河夜行。他深感置身于那时辰、那环境，那种无人打搅的自在，是对纷繁红尘的超脱。然而在如今的人情世故面前，却显得如此脆弱。

2012年，中央电视台“寻宝栏目组”走进福建晋江，特邀来文物鉴定专家蔡国声，蔡国声见到沉香雕刻山水作品《桃花源》，即刻被吸引，对作者郑春辉钦佩有加。这件作品将山水局部形象于沉香大块料上一气呵成，在古人深雕、浅雕、镂雕的基础上，融入微雕、薄意雕等技法，并自然融合西方绘画雕塑技法，于传统木雕根基上彰显出强烈的时代气息与创新精神。因此，蔡国声大力推荐《桃花源》进入央视寻宝走进厦门现场，收获一致好评。

谈及《桃花源》的创作历程，郑春辉回忆道：“一位台湾朋友雕刻的山水浮雕，客户看后不太满意，邀我帮忙修改，完工后在其办公室喝茶。他拿出一块极干极老的沉香木老料，长约 1.2 米，直径约 35 厘米，外形丰富，但料中间有多处腐朽脱空，朋友对我说这料很好，只是无法雕刻人物，你擅长设计，拿去好好构思吧。我把木料摆在创作室慢慢琢磨，因中间部分腐朽脱空，整块料分为前后两

《桃花源》（第十三届中国民间文艺山花奖）

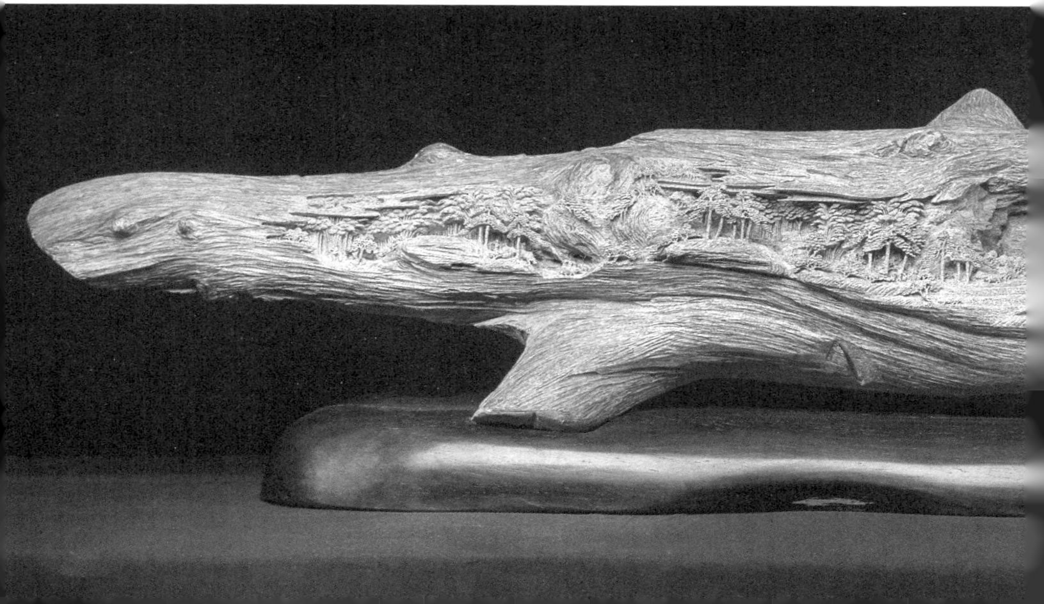

个层次，我想到了中间部分可以处理成一条溪流，这样的话，前后两部分便成近景和远景，构成为两岸风光。”他的回忆，仿佛是在讲述一段奇妙的艺术之旅。

“晋太元中，武陵人捕鱼为业，缘溪行，忘路之远近，忽逢桃花林，夹岸……”“渔舟逐水爱山春，两岸桃花夹古津”“瑶草一何碧，春入武陵溪。溪上桃花无数，枝上有黄鹂……”桃花源作为中国文人理想的栖居地，长久以来是他们的梦中家园，这种家园便是“诗意的栖居”，这源于他们对脚下这片山水的深切感悟。郑春辉艺术地把这种

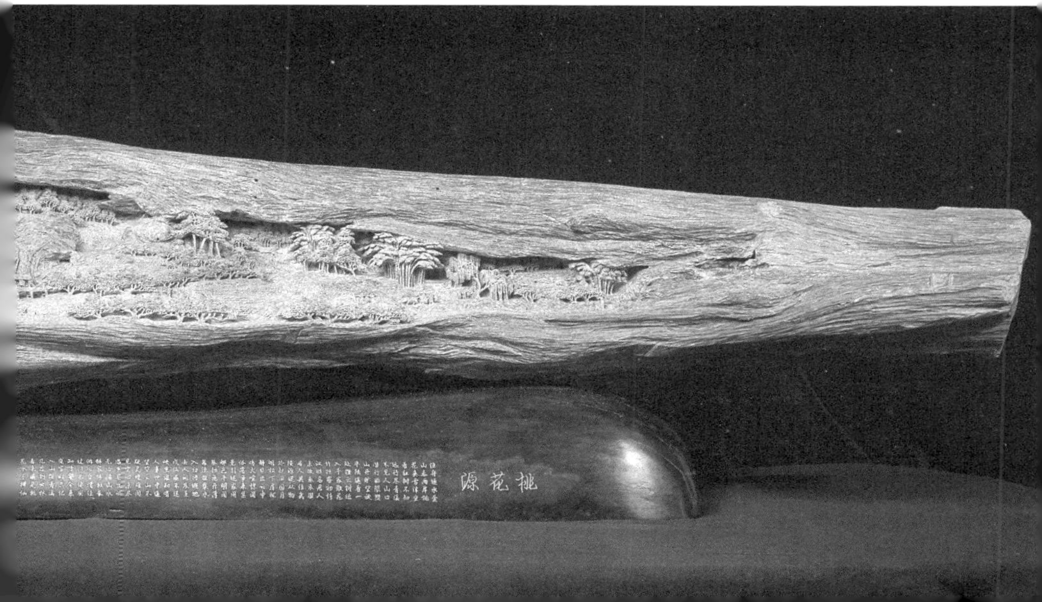

理解呈现在这块沉香木上，看，群峰峻峭，祥云缭绕，飞泉流瀑，溪流潺潺，仙鹤翱翔，群鹿欢跃，灵猴嬉戏，春光旖旎；一条渔船溯溪而上，村舍隐于翠竹桃林中，房前屋后梯田层层，一座竹桥横跨小溪，水牛眷恋着溪中的茂密水草，不舍离去，好一片快乐祥和的世外桃源。

作品依材料的天然形状创作，沉香木质地坚硬，油脂饱满的大料稀少，构思要求依形取势，尽量留存天然形态，所以对极品沉香木创作雕刻的技艺要求很高，要求创作者沉稳与灵动兼具。整件作品古朴浑厚、深沉润泽，别具韵味。这件作品，理所当然地荣获中国民间文艺最高奖——山花奖。

“生命里满是劳绩，但仍要诗意地栖居在这块土地上。”郑春辉认为，中国人从大自然中探寻智慧，和谐地与脚下这片土地对话，寻找出其中的感性内涵，高山流泉、青松翠竹、江海湖泊，都蕴含着他们对诗意生活的诠释，“明月松间照，清泉石上流”的月影山间，回荡着他们爽朗的笑声；庐山“飞流直下三千尺，疑是银河落九天”处，留存着他们神奇的惊叹；他们穿梭于“两岸猿声啼不住，轻舟已过万重山”的大江峡谷；四季更迭、万物枯荣，都是他们唱不完的歌谣。

他们流连于青松翠竹之间，追逐清风明月，徜徉在“日出江花红胜火，春来江水绿如蓝”的明媚春光里，陶醉在“落霞与孤鹜齐飞，秋水共长天一色”的画面中。于是，郑春辉用心用情挥动雕刀，凭借精湛技艺与诗意表达，为沉香木注入了无尽的美学成分，创作出《归园田居》《诗韵江南》《清平·村居》《行香子·树绕村庄》等作品，试图体悟古人对山水田园的心境，并借自己的木雕艺术语言，赞美这美好的家园，歌颂伟大祖国的锦绣山河。

《归园田居》

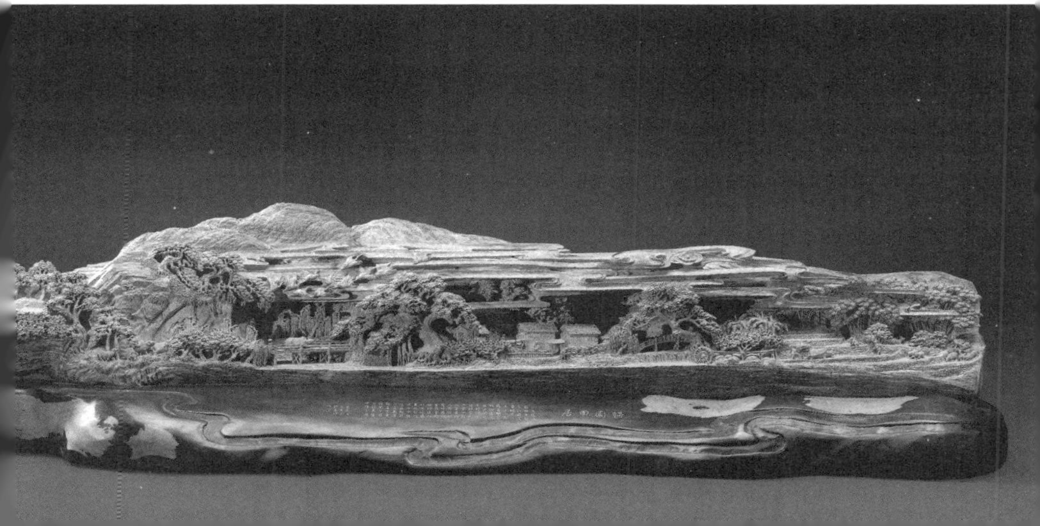

《春溪归棹》是郑春辉颇为满意的沉香雕作。画面中，一个风和日丽的春日，踏青的人乘坐轻舟，沿着蜿蜒水路划过秀美的村庄。两岸桃红柳绿、莺歌燕舞。在这类作品中，他摒弃传统“炫技”式雕刻，尽量减少或不用削、凿、修、磨等雕刻手段，而是大巧若拙、依物象形，将自然之美融于具象木器之中。仅寥寥数刀，便将一块朽木化作一幅意境幽远的立体山水画。这也是对沉香木生命分量的尊重。

《春溪归棹》

譬如《溪山访友图》，郑春辉运用更为抽象写意的手法，展现文人雅士在山水间寻觅知音的意境。山峦起伏，云雾缭绕，溪水潺潺，一位文人手持竹杖，踏着落叶铺就的小径，缓缓走向深山。他的眼神中透出一丝期待、一丝寻觅，仿若在山水那头，有一位挚友在静候他的到来。这难道不是雕刀下跳出的诗、木头上绘出的画？这幅作品，不单是对自然美景的颂扬，更是对人间深厚情谊的礼赞，唯美到了“犯规”。

《溪山访友图》

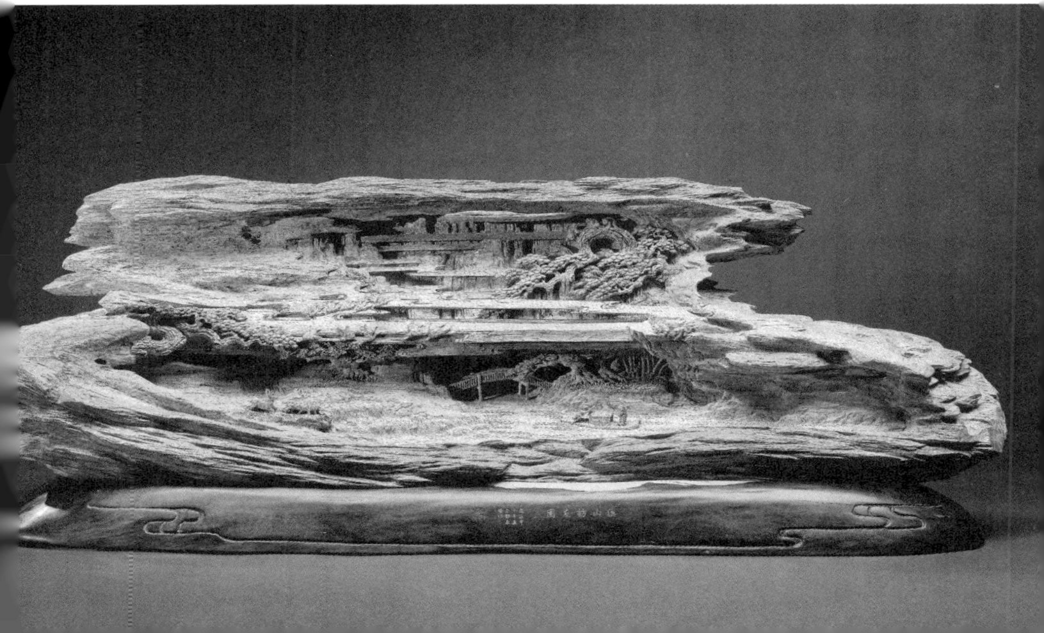

在《夜归鹿门歌》中，郑春辉重现了“山寺钟鸣昼已昏，渔梁渡头争渡喧。人随沙岸向江村，余亦乘舟归鹿门。鹿门月照开烟树，忽到庞公栖隐处。岩扉松径长寂寥，唯有幽人自来去”的诗意。在沉香木闪烁流动的肌理间，呈现傍晚江岸喧闹渐息，唯有一人划船驶向鹿门山，独行于山谷松林石径之上，眼前云雾忽而消散，抬头但见一轮明月当空高悬。这静谧的画面，仿佛能听见船桨划开水面的轻响，以及山林间偶尔传来的虫鸣，将孟浩然笔下的那份清幽孤寂，以木雕的形式鲜活地呈现在世人眼前。

他说道：“‘鹿门月照开烟树’，‘开’在我看来便是开悟。人生大抵就是这样的走向，年轻的时候都满怀志向，渴望建功立业一展抱负。如李白，起初高呼‘长风破浪会有时，直挂云帆济沧海’。颠簸半生还不甘愿，仍说‘天生我材必有用，千金散尽还复来’。到了最后，方才写下‘相看两不厌，只有敬亭山’。”郑春辉把自古以来中国文人入仕出仕的纠结心路，与沉香良材的遭遇相融合，依托一块料，一艘小船，驶向静谧释然、清幽孤寂却又豁然开朗的意境深处，那是一种艺术的引渡。

“见到这块沉香木时，我心头就涌出这首诗。我借助这

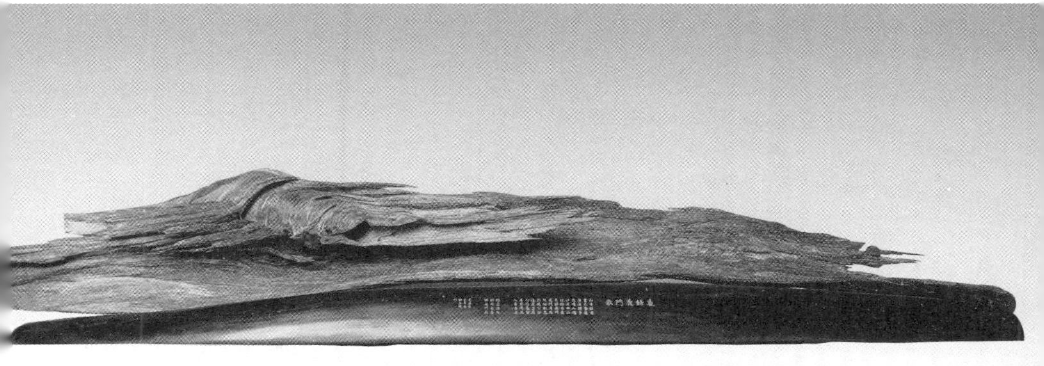

《夜归鹿门歌》

《清平乐》

《万山潭作》

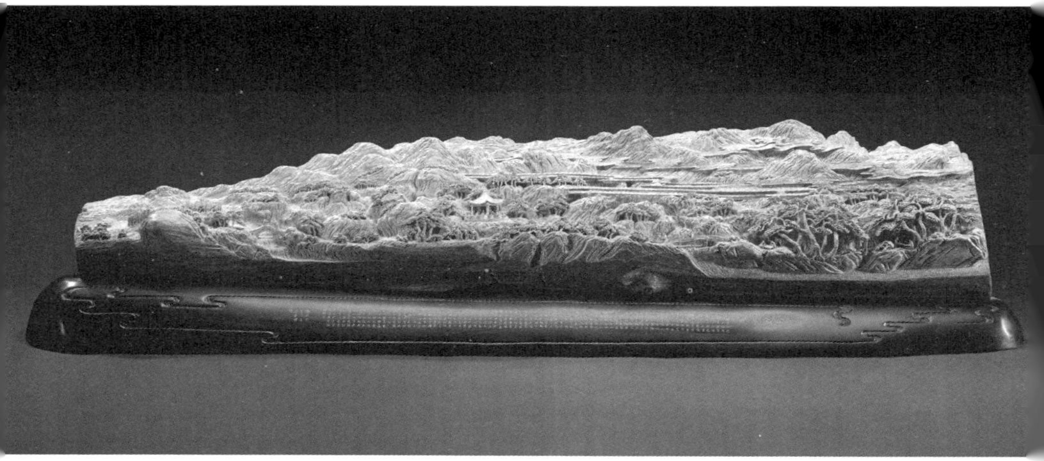

《醉翁亭记》

自然天成的山水形态，把自己的情感、感悟，抒发出来。”他深知，在东方美学语境里，人与自然本就亲密无间，在艺术设计理念中，理当尊重自然、顺应其天性，才能更好地寄托情思意绪。他就这样巧妙地运用沉香木的自然纹理，营造出超越视觉的艺术体验，美到令人怀疑人生。

放眼人类生存的山川大地，万类欣荣，众生共舞，都是造物的恩赐，我们的脚下，有多少隐藏的美好等待着有心人去唤醒啊！沉香木的材质虽有限制，郑春辉却凭借自由的创作灵魂与深邃的审美眼光，挖掘出它们独特的美学内涵与哲理意蕴。这些散发着幽馥香气的“方寸桃源”，都是天工与人工的精妙神合，每一件都是世间孤品。透过它们，郑春辉不仅将传统山水的诗情画意“立体”起来，同时还让它们“哲学”起来。

第六章

划向『清明上河图』，划向『吉尼斯世界纪录』

“路漫漫其修远兮，吾将上下而求索。”爱国主义诗人屈原在《离骚》中留下的这句千古名言，一直激励着人们为了心中的目标，不惧艰难，奋勇向前。它恰似一束永不熄灭的光，穿透岁月的重重迷雾，给在追求真理和理想之路上摸索的人们照亮了方向。

修行的沉淀，是为了求索的突破。通过对沉香木创作艺术的钻研与积累，郑春辉把目光投向了大型木雕的创新，他立志在这个领域开辟出一片全新的天地。

大型木雕《清明上河图》的创作，还得从一次偶然的机缘说起。这件作品的原材料是一棵来自江西吉安山野的千年樟树王，可惜它已经自然枯死，徒留一段沧桑的岁月故事。据说，当年这棵树遭受雷劈，却枯而不倒，硬是撑了好些年，最终还是被一场暴雨给彻底冲垮了。

机遇总是垂青有准备的人。2009 年 12 月，一位朋友带着神秘的口吻询问郑春辉，那么巨大的一棵树，能不能用来雕刻呀？他听闻后，赶忙前去一探究竟，只见那树横卧在地，就像一座巍峨的小山，心中感到特别震撼。当时他就琢磨，要是把这棵树买下来，该雕刻什么样的作品呢？树的主干修长，他最初的念头是，在它身上所雕的作品一定是气势恢宏的长卷。刹那间，几幅中国传世名画浮现脑海，像《清明上河图》与《姑苏繁华图》，最后，他把目光锁定在《清明上河图》。

确定创作方向后，郑春辉的内心却陷入了纠结。毕竟，这个题材已被众多艺术形式呈现过了，如木刻浮雕，铜制浮雕、刺绣、彩漆等，他若再次选用，会不会陷入重复的泥沼？但他又转念一想，凭借莆田木雕的创作技法，通过分层雕刻，能够展示很多细节，营造出仿若真实存在的立体空间感，从而使这幅名画以三维立体的全新版本矗立起来。他憧憬着，当《清明上河图》以细致的景物、生动的人物形象、严谨合理的结构以及大气磅礴的整体风貌呈现时，将会是一件多么精美的作品啊！这种创作冲动简直难以抑制。

这棵1200多年树龄的樟树王，去尾后仍长13米，重30吨，最大直径达3.5米，郑春辉对原材料的获得，欣喜地以“天外飞仙”来形容。其实，创作《清明上河图》并

郑春辉在创作

非他一时的心血来潮。早在2002年，他曾为一位台湾商人雕刻过一件浮雕《清明上河图》，通过那次创作，他对这幅画有了不少了解。也正是从那时起，他心中便播下创作立体《清明上河图》的种子。

当然，要将绘画素材原汁原味地展现出来，成熟精湛的雕刻技艺必不可少。而历经20余载雕场磨砺的郑春辉，心中满怀自信，他自信能够在木雕作品中完美地呈现这幅画的独特韵味。再说了，这也是他首次耗费数年光阴，全身心地雕琢一件大型作品，这个过程，算是对自己木雕生涯的一次全面回顾与深刻总结，意义非凡。

他说道：“这一棵树的正反两面，恰好可以呈现两个空间，我决定雕上《清明上河图》的两个版本，一个是宋代张择端版的《清明上河图》，收藏在北京故宫博物院；另一个则是清宫画院版，收藏在台北故宫博物院。我将这两个版本合在一棵树上创作，就是想表达两岸同根同源的同胞情感，也寄托着盼望祖国早日统一，让两岸文化共同传承的心愿。”

宋版《清明上河图》，堪称中国古代绘画的瑰宝。画作绢本设色，长528.7厘米，宽24.8厘米，系北宋张择端于徽宗在位时创作。其以细腻的写实之法，描绘市井百态，展现汴京的繁华盛景。前首郊野处，行人穿梭于枯树草桥之间；中部虹桥处，大船缓缓而行，商贩们高声叫卖，人群熙熙攘攘；后部城内街巷，歌楼酒肆、作坊医家一应俱全。人物众多且性格鲜明，故事鲜活生动，生活气息扑面而来。据跋文记载，张择端身为翰林待诏，绘制完成后呈献徽宗，徽宗在画上题名并钤上双龙小印。此画历

郑春辉在央视节目中介绍《清明上河图》

经诸多波折，五入宫廷，又四度被盗出宫，饱经劫难，充满了传奇色彩。

清院本《清明上河图》同样是绢本设色的佳作。长1152.8 厘米，宽 35.6 厘米，乾隆元年，由陈枚、孙祜、金昆、戴洪、程志道五位清宫画家奉旨共同绘制。这幅画集诸朝仿本精华，巧妙地融入明清风俗，诸如踏青、表演等娱乐活动，还有戏剧、猴戏、特技、擂台等元素。构图大气磅礴，场景丰富多样，细节精雕细琢，人物栩栩如生，生动展现出当时的民生风貌，是研究明清社会风俗的珍贵素材。因受西洋画风影响，画中街舍依透视原理创作，并且有西式建筑。画色鲜亮悦目，笔触细腻娴熟，桥、屋、人物皆精美，堪称院画珍品。

木料进场去皮后，郑春辉并未急于动手，他深知，在如此宽大的木材空间中做细活，最为棘手的难题在于布局，需要妥善处理好远近、前后、左右、上下的比例与透视关系。如宋版原画长 5 米多，宽 20 多厘米，已然极为复杂了，要在这根砍尾后长 12.286 米、高 3.075 米、宽2.401 米的樟木上雕刻，长度放大一倍多，高度则要放大七八倍，这无疑是一场巨大的挑战，需要创作者精心谋划、用心调适。如果由现代美术学院来绘制草图，或许会

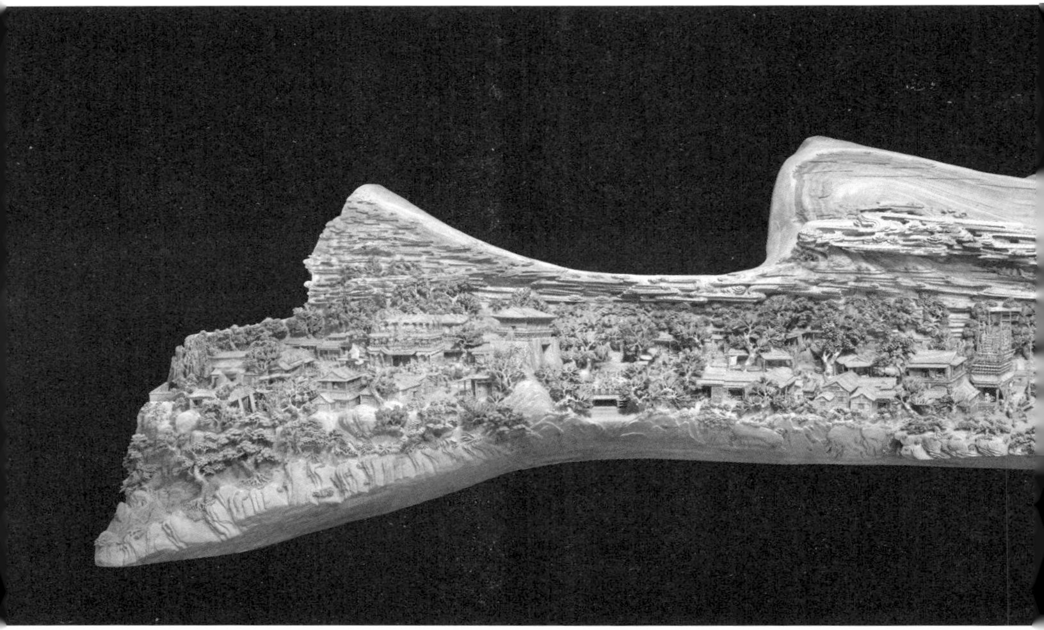

《清明上河图》（宋·张择端版本）

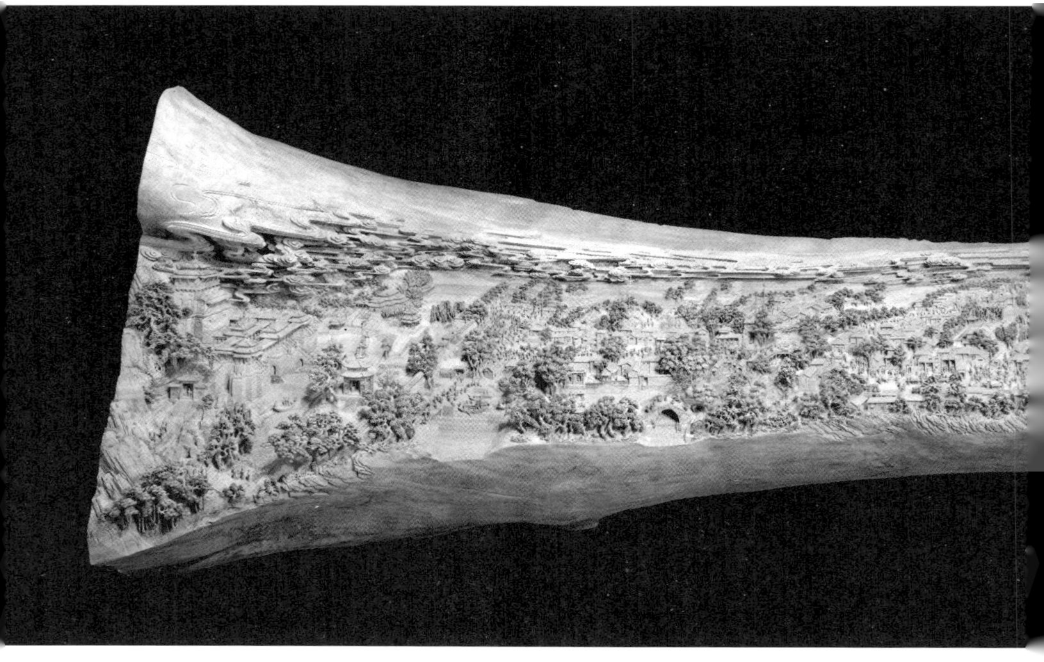

《清明上河图》（清宫画院版本）

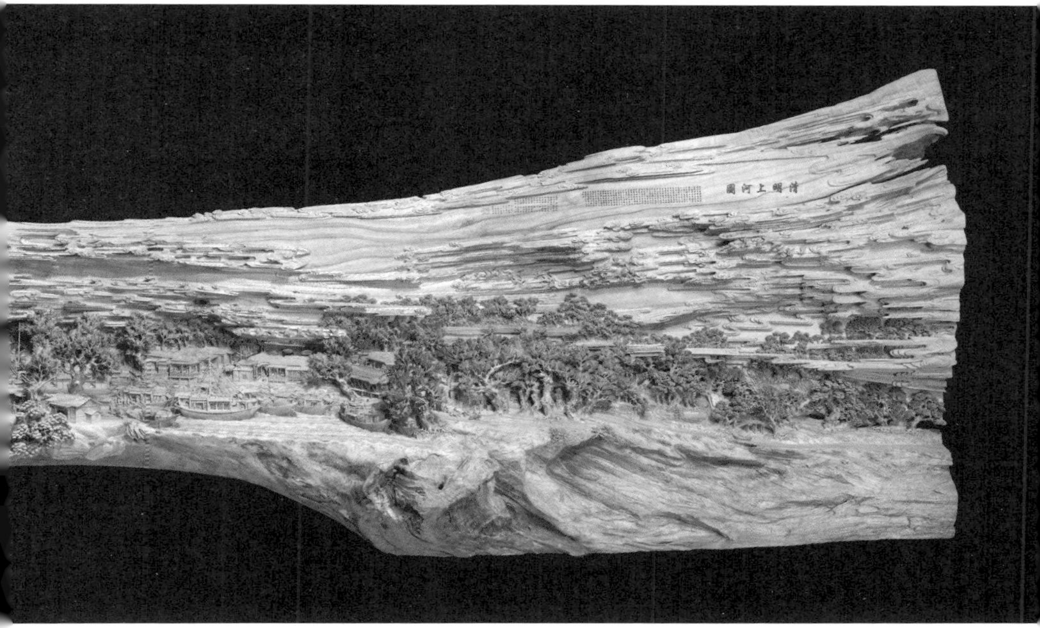
清明上河圖

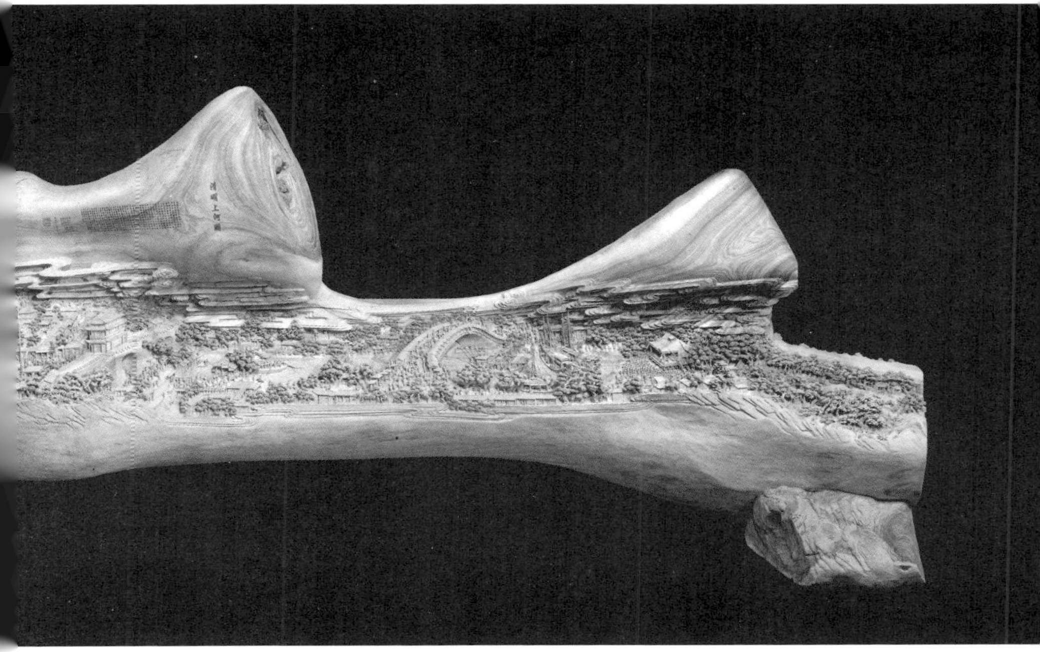

利用全息投影等现代化手段虚拟出精准比例，然而作为多年前的民间艺人，哪有这般先进的科技辅助！他只能发挥自己的智慧和经验，在黑暗中摸索前行。

他对原画深入探究，仔细剖析画中的景观风物、建筑风格、人物形象、船只形态等各种细节，反复思索如何在木雕中完美呈现这些元素。他还要考量木材的纹理与硬度等特性，思忖怎样利用好木材本身的特质去展现画面的不同部分，使木雕与原画相得益彰。针对雕刻工具可能存在的局限，他也预先准备了各种适用刀具，将创作前期的每个环节谋划得细致入微。凭借多年积累的丰富经验，他先用粉笔在木头上勾勒出草稿，然后再依据实际的空间布局逐步调整与完善。他也曾考虑删减部分原画内容，但为了确保作品的完整性与连贯性，最终决定将整幅画完整地雕刻上去，力求原汁原味地呈现经典。

自2009年10月起，郑春辉带着他的7个徒弟，围绕着那棵千年樟木，开启了漫长而艰辛的创作之旅。他们首先确定了雕琢内容，包括河流、山川、城墙、街巷、桥梁、船只、树木、云彩、房屋和店铺等元素，这些元素需要他们日复一日地精心雕琢。樟木的双面还需雕刻大量人物形象，涵盖了官吏、随从、儒生、道士、郎中、商贩、脚夫、船家、艺人、工匠、走卒、小偷、搬工、挑夫等各类角色，共 2275 个。虽说每个人物仅一寸高，却得刻上一百多刀。

“美成在久”，语出《庄子・人间世》，意指世间美好事物的形成，不在于一朝一夕，而需要漫漫岁月的打磨与淬炼。在长达 1500 个日日夜夜里，师徒 8 人如切如磋，如琢如磨，用刀具与木材进行着深度对话。他们克服了重重困扰，忍耐了无尽寂寞，怀揣着漫长的憧憬，全身心地投入创作中，每一刀每一刻都倾注着他们对艺术的执着与热爱。

郑春辉将最后的创作难点聚焦在那十数根商船的纤绳上，最长的纤绳有 66 厘米长，直径却仅有 4 毫米，其纤细程度令人惊叹，稍有差池便会断裂。雕刻这部分时，他一点点去掉的木料竟有 1 吨之多，足见其创作难度之大。当他的雕刀剖开木质的横截面，人们看到的不仅是山水楼阁的形制，更是一个民族精神的海拔。

历经 4 年的艰苦磨砺，2013 年 11 月 10 日，木雕作品《清明上河图》终于大功告成。作品正面运用镂雕、透雕、浮雕和莆田精微透雕等多种技法，将北宋汴京繁华盛景生动立体地呈现出来，这是对北宋文化的致敬与传承。背面则以浮雕技法为主，展现出明清时期的社会场景，体现了不同文化交融产生的独特艺术魅力，令人们感受到历史的厚重与文化的多元。

仔细观赏整件作品，可以看到其中一些门窗、楼阁等通过镂空雕的技法，营造出通透、空灵的效果，增强了作品的空间感和层次感，透过镂空之处，仿佛能看到城里的热闹场景，感受到古人的生活气息。作品中的船只、桥梁等元素，通过透雕技法呈现出立体的形态，船身与桥梁结构清晰可辨，仿佛船只正在河上航行，行人正在桥上穿梭。而街市上的摊位与物品、人物的服饰褶皱等则利用浮雕刻画。众多人物形态各异，喜怒哀乐、爱恨情仇、得意失落、明妒暗嫉，被刻画得入木三分，连街边酒肆里把酒言欢的食客神态都栩栩如生。他们让人仿佛穿越到北宋汴京的繁华市井中，去感受无尽纷乱细密的事，正在同时发生。

此时，距离开工已然耗费了 4 年的漫长时光。临近完工之际，有朋友提议这件作品可以申报吉尼斯世界纪录。令人惊喜的是，完工后仅仅 4 天，即 2013 年 11 月 14 日，便传来成功申报的喜讯。当时，全世界的主流媒体纷纷报道了这件令人振奋的作品。更有外宾无法抵挡巨大的诱

《清明上河图》局部・航船

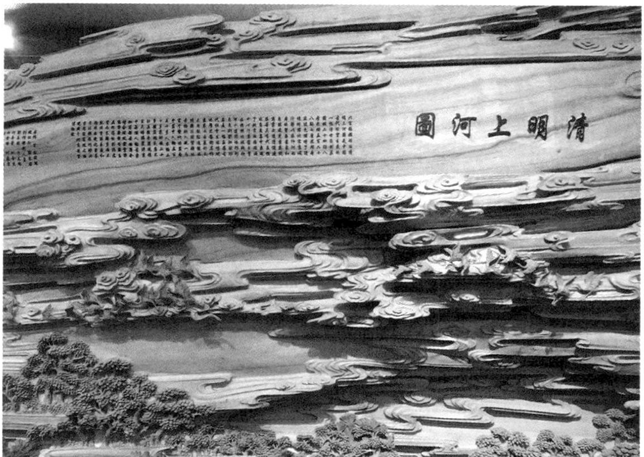

《清明上河图》局部・流云

《清明上河图》局部·桥梁

《清明上河图》局部·市井

惑，跨海越洋前来观赏。这也充分表明，优秀的艺术作品，本土的即民族的，民族的也是世界的，它能够跨越国界与文化差异，产生广泛而深远的影响力。

郑春辉感慨地说：“我就是想通过吉尼斯世界纪录这个平台，向世界展示莆田的也是中国的传统文化与雕刻技艺。后来，一位潜心研究中国历史的法国学者目睹这件作品后，不禁惊讶地赞叹道，这么大的雕刻面积，欧洲人可雕刻不出来啊。这也让我感悟到，对工艺传统的坚持与传承，就是在坚守我们的文化自信。”

这件《清明上河图》，可谓木雕版的《东京梦华录》。站在作品面前，仿佛看见时光的褶皱被刀锋抚平——八百年前的汴京烟火，正穿透樟木的肌理袅袅升起，古代工匠营构的桥梁、城楼、宫观、屋舍、船只等繁华京都元素，竟被当代工匠林林总总地刻画出来，郑春辉艺术地把个体的生命体验，升华为民族的集体记忆。郑春辉的雕刀宛如时光机，引领人们穿越时空，回望历史的繁华盛景，展望盛世的美好愿景。特别是他把对祖国统一的渴望、对两岸同胞血浓于水的亲情，都融入了千年古樟之中，传递出凝聚民族情感，共同传承中华文化与精神价值的深心。

对这件大型作品的创作，郑春辉得到了启示：古典名

《清明上河图》民房中的细小人物

作的临摹创作，首先要深入理解原作的内涵，精准把握原画的精髓，在充分尊重原画精神的基础上大胆创新，巧妙融入艺术的憧憬与想象，唯有如此，方能实现传承与创新的有机统一，使经典在新时代绽放出新的活力。

然而，隐藏在这件大型木雕背后的诸多故事，却鲜为人知。作品尚在创作期间，便有诸多买家闻风而至，竞相求购，其中一位日本客商甚至出价重金预定。创作完成后，又有一些藏家和企业试图以高价购买，都被郑春辉委婉谢绝。而现实生活的复杂性也远超《清明上河图》，因在这件作品上投入太多，他遭遇了诸多的身不由己，包括身体的疲惫不堪、错过子女的成长教育、经营的重重压力，尤其是经济方面的困扰与窘迫。可他都咬紧牙关，顽强地挺了过来。

由此可见，苦难是花开的序曲，冬天虽然寒冷，却总要为春天作序！郑春辉袒露心声：“创作这件作品，是我长久以来的梦想，也是我从艺路上的一个结晶吧。我想通过它，把莆田精微透雕的技法发扬光大，不单让福建人、中国人了解，还想让外国人赞叹，让这个作品作为一项中国文化留存在中国，传播到世界，提升中国工艺美术的国际影响力。”

是啊，技艺，是一个地区、一个民族，为自身独特的生活内容和生活方式留下的符号，是文化的载体与精神的密码。透过木雕《清明上河图》，仿佛看到了时光被缓缓拉长，经典被重新塑造，追求被不断超越，艺术的边界被渐渐拓宽，也真切感受到了一个匠人灵魂的分量，沉甸甸的。

2014 年 5 月 1 日，木雕《清明上河图》荣获中国工艺美术“百花奖”金奖；2015 年，它被评为“吉尼斯世界纪录 60 年来最受关注的纪录”；2023 年 4 月 23 日，它登上央视《非遗里的中国》（福建篇）文化栏目，无数观众通过屏幕领略了它的独特魅力，也使这一期节目的收视率猛然飙升，成功破圈。

第七章 云天之外有明月，月照孤舟云水间

月亮，是中华儿女心灵的图腾。月光，是中国文人灵魂的故乡。月下心事，最堪思量！

中国人看月亮是诗意的，月光洒落在无数古典诗词里，照亮了千年的情思。月出东山的新奇，月挂天心的清寂，月落西楼的销魂，月圆月缺的暗示，宛如灵动的音符，都会拨动敏感的心弦，在灵魂深处泛起一圈圈涟漪。因为那片古典明月映照的灵乡，承载着李白“举头望明月，低头思故乡”的牵挂，蕴含着张九龄“海上生明月，

天涯共此时”的思恋，包含着苏东坡“明月几时有，把酒问青天”的天问，更倾注着张若虚“谁家今夜扁舟子？何处相思明月楼”的幽远神思。

郑春辉充满浪漫主义情怀，他把自己创作的第三阶段称为“云天之外”，尝试把中国传统的古典诗词和绘画技巧与雕刻融合，进行别出心裁的再创作，尤其注重意境的开拓与升华。他深情回忆：“我喜爱月亮，源于少年时的

抬头望明月

农村生活，无数个夜晚，我坐在自家的田埂上，仰望天上的明月，聆听着田野里蛙声一片，等待引来的水灌满稻田后，然后才扛着锄头，借着月色悠悠回家，有月亮的夜晚出来，路看得清，心中也少了害怕。”

灵乡屹立于云天之外，宛如生活的升级版。灵乡孕育于月华之中，恰似文化的明月胎。月光下的梦境，究竟通往何方？郑春辉在月光中凝视一片沉香木，动刀之前，转

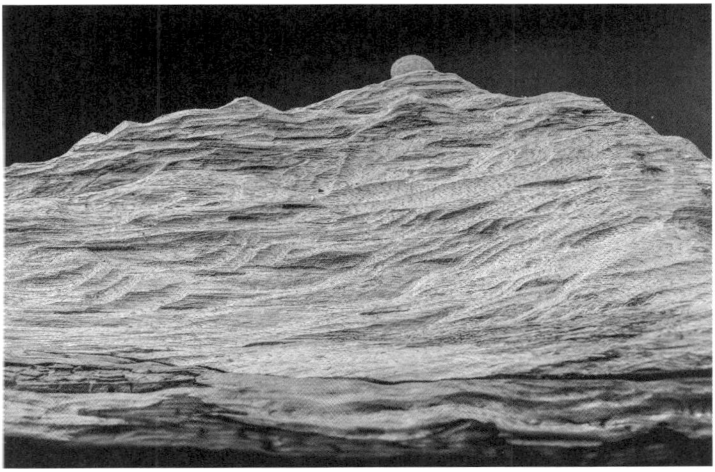

探出山头的月

腕之际，总要抛却私心杂念，历经漫长的思索，凭借“涤除玄鉴”的心境，达至“虚室生白”的空灵。从某种意义上说，月亮触发了他对于“宇宙、历史、生命、艺术、时代”的深层次思考。他对明月，怀有难以言表的深情。

“月光如水水如天”。中国人素来喜欢在这般唯美画境中寻觅心灵的宁静。月亮，容易勾起游子思乡的情怀。即使漂泊异乡，但天上月亮既照着自己，也照着远方的故乡，所以，中国人的乡愁充满诗意。苏东坡的“但愿人长久，千里共婵娟”，传递着跨越千年的美好祈愿。那就采一片月光回去吧，轻轻夹在唐诗宋词之间，扁扁地，宛如被岁月压过的相思。

正因为有了乡愁，有了相思，有了明亮月光给大自然增添的奇丽景色，才有了“孤篇横绝全唐”的《春江花月夜》，“人生代代无穷已，江月年年望相似”“此时相望不相闻，愿逐月华流照君”。静谧苍穹中的那一轮清辉，给了中国历代文人无限的遐想，也撩拨着郑春辉敏感的心弦。

故而，他“云天之外”的作品，很多都与月亮牵连，像《山村月夜》《平湖秋月》《赤壁怀古》《月是故乡明》《春江花月夜》等，都融入了月亮的元素，他钟情幽美恬静的月夜，如同喜爱能给人宁静安神的沉香木一样，它们把人带进一个清明澄澈的天地，进入一个清纯莹净的世界。在这个世界里，没有电气化产品和工厂释放的大量二氧化硫，没有废气化成的酸雨，没有空气污染以及对臭氧层的破坏。

在这个纯净的世界里，人们能够静下心来，好好思量：是不是应该恪守本分，减少过度索取的贪婪，降低对蓝色摇篮地球的破坏？该不该以包容、智慧与敬畏之心，去领悟保护大自然的要义，营造“千江有水千江月，万里无云万里天”的地球家园？

21 世纪初，郑春辉邂逅沉香木，便喜爱上了这种木料。他说：“起初，台湾客户给我来料加工，都是雕刻佛像与小摆件。一段时间后，我发现沉香木最适合雕刻山水题材的作品。在它起伏的轮廓当中，在它凹凸的块面当中，可以探寻并发现那种山水田园的韵味。沉香木的结脂程度，浓淡之间，与山水画笔墨在宣纸上晕开的效果相似。我的沉香木雕刻作品的底座，从来不用别的色调的木料，一直都是用黑檀木，就是想维持这种淡雅色调的协调性，让作品呈现出一种和谐统一的美感。”

黑檀木带有一层白皮，郑春辉凭借巧思，用白皮做了潺潺流淌的溪水、沙洲，甚至在作品《松泉雅集》中打造出瀑布。在荣获“中国工艺美术精品奖金奖”的《春江花月夜》中，他还利用底座白皮雕刻出蜿蜒的江岛、渔舟以及月亮的倒影，营造出一种如梦如幻的唯美境界，稳稳地托起了作品的艺术高度。

通过与沉香木的灵魂对话，郑春辉的雕刀下，有清秋的江南之月，青山逶迤，绿水如黛，瘦西湖上明月高悬，杜牧的船沿着瘦长的湖体缓缓而行，两岸景物在皎洁的月光中朦胧素淡，一阵婉约的箫声传来，回荡在空寂的湖面上，二十四桥上玉人吹箫的倩影，永远定格在杜牧心中。在这清夜，这片纯净天地才是他渴望进入的世界。此时此境，心是无比轻盈，不再有泊于秦淮河边听到《后庭花》时的恼怒和悲叹。

他的雕刀下，也有孟浩然的舟楫，缓缓划向一个极具浪漫的所在。“人随沙岸向江村，余亦乘舟归鹿门。”月色中的鹿门山静静等待着诗人，船靠岸后，孟浩然独自走向松林明月间，“忽到庞公栖隐处”。闻一多先生说“他是为了一个浪漫的理想而归隐”。“鹿门月照开烟树”，他开悟了什么呢？松林中行走，他的脚步是轻快的，沙岸边泛舟，他的舟楫是轻盈的，他不再有当年望洞庭湖赠张丞

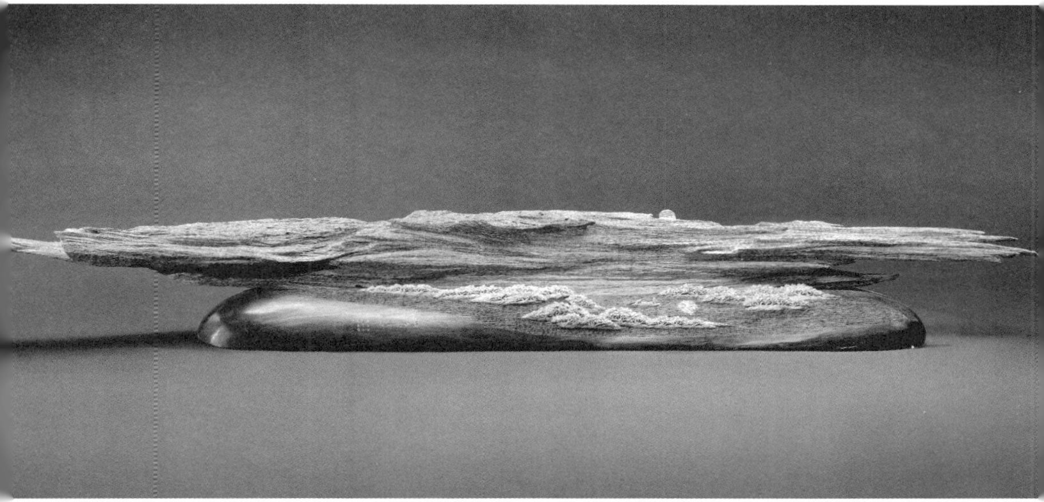

《春江花月夜》

《春江花月夜》（局部）

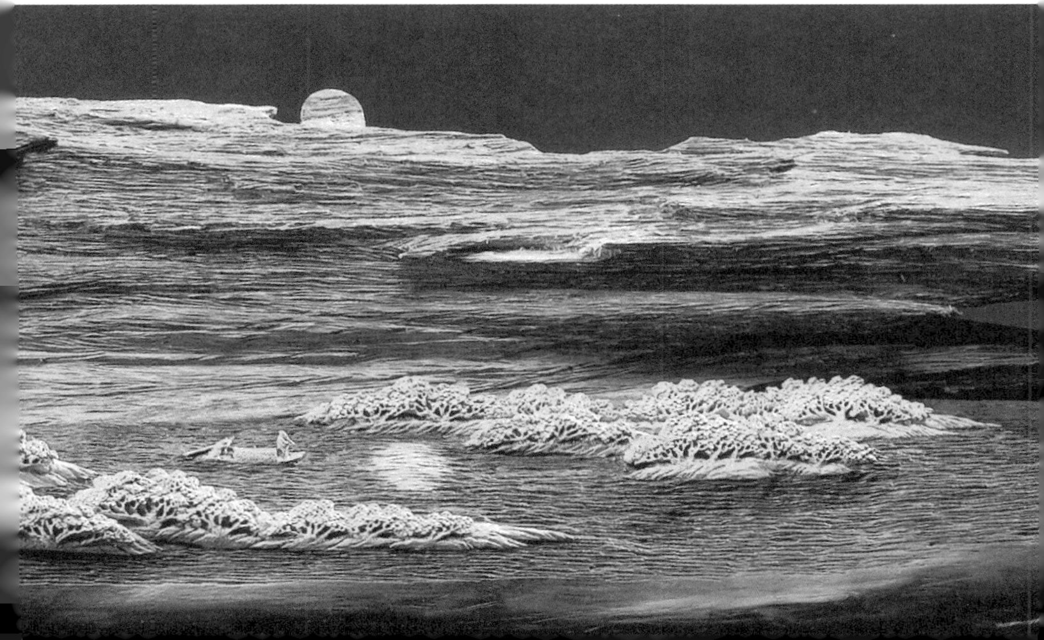

相时“欲济无舟楫”的那份渴求，不再为当年宿建德江时“移舟泊烟渚，日暮客愁新”所烦心了，他在月光世界里找到了内心的安宁。

他的雕刀下，还有杜甫的“老病有孤舟”，这位心怀天下、忧国忧民的大诗人尝尽了人间疾苦，客旅孤舟静静地停泊于月色之中，孤寂、忧伤与无助如影随形，笼罩着他的身心。尽管人生境遇如此坎坷，然而他的精神世界中，仍装着“星垂平野阔，月涌大江流”的雄浑大气，浩茫的烟波上，他尽情地感受着宇宙的苍茫无穷，胸怀之宽广，令人敬仰。在郑春辉的作品中，我看到杜甫在孤舟上，望着月光下的江水，思绪飘向远方，为国家命运而担忧，为百姓疾苦而共情。

前几年，木兰陂公园征集设计方案，郑春辉画了四大张设计稿，他指着涓涓流淌的溪水，动情地对人们说：“这条原生态的小溪一定要保留，我童年曾在这里玩过，如果小溪消失了，那我的童年也就没了！”语调竟有些哽咽。

留一弯清清的溪流，为记忆中的童年留一片清凉；留一汪清清的池塘，用以映衬梦里故乡清亮的月色。那是一份浓得化不开的童年记忆，那是一阕欲说还休无法消解的

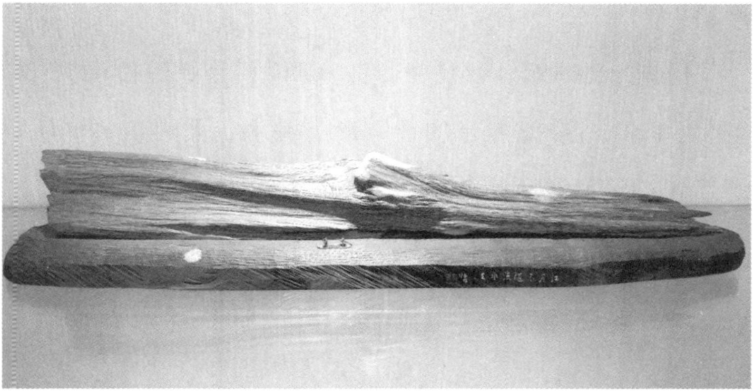

《江月不随流水去》

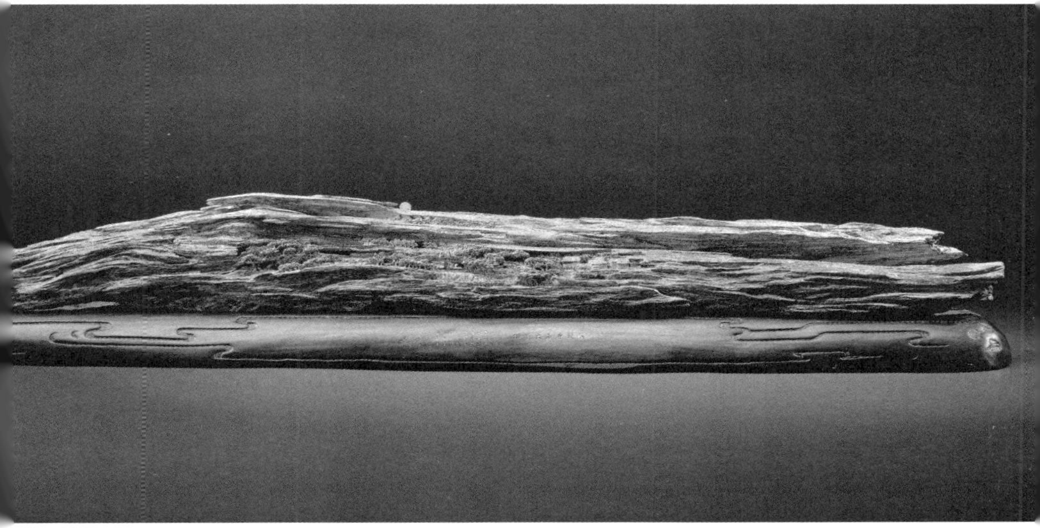

《溪头看月出深松》

乡愁！

他创作的木雕作品《月是故乡明》，是一段长68厘米，宽14厘米，高22厘米的长方形沉香木，大面积黄褐色中游走的细腻油线，使其显得格外沉稳质朴，郑春辉顺势把材料中下部雕琢成水崖边的溪谷，溪谷一侧是果蔬围绕的数间茅屋；另一边树木蓊郁，迤逦着伸向远方；中间溪上有座廊桥。溪谷之水注入崖下大河，崖岸边停泊两只小小的归舟，记忆里，他童年清浅的钟潭溪，终于在艺术创作中汇成为汪洋巨泽，溪谷上方是连绵的青障崖壁。

《月是故乡明》

在这件作品中，月亮的形象并未直接出现，郑春辉只是在溪谷入河口前方，用平刀斜剔出几道波纹，水面顿时就荡漾起童年的白月光。“醉后不知天在水，满船清梦压星河。”在那像蜜般的银夜里，我真甘愿成为归舟上的醉客，清辉入怀，潺湲在耳，在他精心营造的梦里故乡悠然徜徉！

一溪两岸式构图，通常是纵向构成，形成我在待渡的状态，郑春辉却把两岸推向一个平面，从倪云林向马远和夏圭的风格转化，从深远之境过渡到平远的广阔无垠。待渡的河流便横亘成无法逾越的时光长河，明明在目，却永远无法抵达，咫尺天涯只隔着一层薄薄的梦境。他恰如鲁本斯那样，运用极具戏剧性的光影，在狭小空间里细微地雕琢出茅屋与丛树、雾岚拂过的廊桥、轻荡的湖水波痕，真可谓“极目之旷望也”！作品下段大片水体几近空白，与上方茅屋丛树的不着一字纯任自然，形成一片吞吐大荒的场域。他神奇地用有限的小，创造出无垠的空间，而这空间只有心灵才能容纳。远的境界在观者心灵体验里展开，平是气度恬淡，远是地偏心自远，折射出作者平和与旷达的性格。

而作品的上半部处理更具匠心，全然保留材质的肌理和皴裂，只顺应纹理皴裂作些许深浅长短欹侧的涤除，用以打破原材料的平整与呆板，丰富了作品表面的层次与张力，加上贯穿材质深浅的细细油线，整件作品浑然一体、生机流动，这便是“既雕既琢、复归于朴”之效。

郑春辉创造的月下故乡鲜净澄澈，水声潺湲，幽香满怀，身心宛如被水月洗涤净静。灵魂在这寂静的山野间徘徊，“寂寞云林堂下路”，孤村黯寂悄无声；只有轻风过廊，草木暗里滋长；空山无人，山林岑静，小舟寂然，水流花开，一派“野渡无人舟自横”的寂寞，意在超越色相世界，构建一个真实的意义世界。在他精心营造的精神图式里，是无法忘怀的梦里故乡，是精神高蹈的空灵世界，这种纯粹理念强调宁静幽深的氛围，有一种绝对的平和。在这气韵流动而又寂寥岑静的场域，世界氤氲生动，一切自在兴现，故乡如梦，月色永远那般皎洁和清亮。

正是在月光中的艺术乡土耕耘，他凭借联通古今的哲思、直抵人心的力量，重塑了文化自信，达成了人生自在。他认为“艺术需要留白，需要最大化地保持自然。如南宋马远的《寒江独钓图》中，只有一只小舟，舟上一渔翁在垂钓，整幅画面不见一丝水，而让人感受到烟波浩渺，意境独到。雕刻也是如此。恰到好处地留白，最大化地保持自然，便能使方寸之地更显天地之宽，予人以无限想象的空间，这才具有高等的审美价值。”

这种见解与美国学者大卫·萨默斯不谋而合。在《真实空间：世界艺术史和西方现代主义的兴起》一书中，大卫·萨默斯郑重宣告，“空间”是最关键的词汇。书中他把“空间”分成两个系统，一个叫“虚拟空间”，另一个叫“真实空间”，“虚拟空间”不是绝对的，它永远处于和“真实空间”的互动之中。而中国哲学所认知的宇宙，涵盖了所有的空间、时间、物质等及其所产生的一切事物，“宇宙”一词承载了中国人最初的、朴素的世界观念，蕴含着时间与空间之间螺旋吸引的奥秘。

像郑春辉创作的《江月不随流水去》，其黑檀木底座上印着月亮的白色影子，还有一船一渔翁，皆是应用黑檀白皮的巧思，将其雕成一轮明月倒映江中的景象，借水中之月的虚幻观照万物，艺术地表达出一种“水月观”。恰似司空图《诗品二十四》所言“载瞻星辰，载歌幽人。流水今日，明月前身”。将外在的自然景致与内在的精神意趣相融，展现出超脱凡俗后的内心澄澈。这水中之月，不仅是自然的映照，更是一种对万物本真的观照，蕴含着佛家“物我相忘，身心皆空”的智慧，也呼应着苏轼于《前赤壁赋》中对水月所蕴含的变与不变之哲思探讨，启迪着观者对世界和自我的深邃思索。

郑春辉把自己的创作历程划分为“大千世界”“方寸桃源”“云天之外”三个阶段，我让他明确各阶段年限，其实也是难为了他，因为那是相互交织、逐步递进的。在我看来，“大千世界”，是他对自然万象广泛吸纳与呈现的初阶。“方寸桃源”，是他内心深处精心构筑的诗意家园，是他对生活美学与精神追求的具象化映射。而“云天之外”，无疑是他创作精神与艺术境界的升华，是一种修为的超然突破与思想的自由翱翔。他袒露心曲：“云天之外是理想，人只有静下来的时候，才能产生智慧，才能感悟很多事情。人生，应该做好该做的事，淡泊名利，像陶渊明归田园居，做回自己。”

这正是他明月般的坚守，也是他心目中优雅的“月光曲”。

第八章 故宫雅集，工艺之美与文人趣味的交响

2016年12月28日，岁末的北京寒风呼啸，可暖阳依旧洒下温柔的光辉。故宫博物院的建福宫花园，这片承载着厚重历史与文化的古代园林，迎来一场别开生面的盛会——“工艺美术与文人趣味”学术研讨会暨礼冬雅集。

建福宫花园，始建于清乾隆五年（公元1740年），又称西花园。它以别具一格的园林风格，成为古代汉族园林建筑的精华。这里的树木、假山、殿堂、宫室、轩馆、楼阁错落有致，布局灵活，曾深受乾隆皇帝喜爱，将无数珍

宝玩物存放于此。然而，历史的面孔总是变幻莫测，在宣统皇帝溥仪搬出紫禁城前夕，这座花园遭受火灾，仅剩下蕙风亭和一片山石瓦砾。1998年，国务院决定对其进行复建，经过多年的努力，到2004年，建福宫花园终于重焕生机。如今，这里主要用于接待外宾及举办文化沙龙。

这次研讨会，堪称一场文化的盛宴，嘉宾阵容相当强大。既有来自故宫博物院的专家，还有中国工艺美术协会、中国礼仪休闲用品工业协会、中华民族民间工艺美术家协会等多个机构的代表，全国各地的工艺美术大师、顶级收藏家、著名音乐人以及文化学者会聚一堂。可谓文采风流满堂，艺采雅韵流芳。

研讨会上半场，专家们围绕明清家具研究设计专家伍炳亮先生的代表作，探讨明清家具所体现的古代文人思想与设计理念，以及如何营造出文人雅粹的氛围。下半场，众人将焦点聚焦在中国木雕艺术大师郑春辉先生的代表作上。在参观欣赏他的沉香木雕刻作品后，专家们针对沉香木雕刻的文化渊源、主题内涵及其创新之处，沉香木雕刻与传统山水画的契合之道，地域精神、历史、地理、环境对创作的影响，匠人精神的传承，以及工艺美术与当下生活的结合等问题，纷纷发表真知灼见。

郑春辉对其大型双面木雕《清明上河图》的介绍，无疑成为研讨会的一大亮点。他借助投影屏幕，娓娓道出这件作品的原材来源、创作过程以及申报“吉尼斯世界纪录”的经历。当年，这件作品一经面世，便吸引了世界许多主流媒体聚焦，一位莆田老乡在新加坡返乡的飞机上，也看到海外报纸刊载《清明上河图》荣登吉尼斯世界纪录

郑春辉在故宫“礼冬雅集”上介绍自己的创作

的消息，深感自豪。郑春辉特意对当年的吉尼斯世界纪录现场认证官、应邀与会的程东先生表达感谢。屈指算来，这也是为他的作品举办的第三场了。

山水诗意入匠魂，郑春辉对沉香木雕情有独钟。2013年农历正月初一，“郑春辉沉香木雕艺术展”在福州三坊七巷·黄巷的“闽越书院”开展。这次展览，展出了他近年在各级木雕艺术大展中获奖的作品与新创力作，共有50多件，为节日的观众奉献了一道精美的迎春艺术大餐。令人意想不到的是，展览引发了轰动效应，高峰时期，排队观展的队伍犹如长龙，竟达200多米，成为三坊七巷历次艺术展之最。为了满足海内外同胞欣赏沉香木雕艺术，展览期限从正月初一至正月三十，整整持续了一个月。

郑春辉在展览厅中表示：“这是我首次举办个展，展出的一些作品从来没有对外亮相，即使是参加国家级大展，我也只是带其中的一两件展出。把首次个展放在三坊七巷举办，旨在弘扬木雕传统文化，还可以向大众传递更新的艺术语言。”他还分享了作品的创作心得。一次前往江西婺源，那里水墨山水般的村落在雨雾中若隐若现，江南的典雅韵味深深感染了他，触动了内心深处的创作灵感，归来后，他便将这份感悟化为作品。由于沉香木质地不够坚硬，精细雕刻的难度极大且风险颇高，充满了挑战性。创作《云水之间》，他综合运用了多种雕刻技法，耗时 8 个月才完成。

这次展览的回响，如同涟漪般扩散开来，进而引发了另一场展览与讨论。当时，青岛矿物宝石博物馆馆长彭荣俊恰好在福州三坊七巷游览，他被展馆门口的排队长龙所诱惑，进去一看，便被郑春辉的作品深深吸引了。他特意前往莆田拜访郑春辉，看到那件已雕 3 年多且即将完工的《清明上河图》时，深受震撼，认定郑大师是个了不起的人，当即诚恳邀请他前往青岛办展。

彭馆长表示："我是矿物晶体收藏爱好者，那是一种取之天然的美；沉香木雕也具有这种特性。山水意境在于依形赋题，与选取矿物标本有共通之处，都要通过作品讲述它的故事。是春辉的人品感动了我，也进一步感动了大家。冥冥之中彼此产生了许多共鸣与互补，可以说是因沉香木而结缘。"

2013 年 10 月 15 日至 26 日，作为第十届中国文化艺术节的重要组成部分，"郑春辉沉香雕刻木雕艺术特展"在山东青岛德国总督府旧址博物馆和康有为故居博物馆隆重举行，展出作者十余年来创作的《春晓》《诗韵江南》等数十件沉香及檀香雕刻经典作品，引发了又一轮轰动效应，成为当地文化艺术界的一大盛事。

社会各界对郑春辉的作品不吝赞美。有人惊叹：“这是一个让我看了目瞪口呆的雕塑作品展览，他用精湛高超的雕刻技法和别出心裁的艺术创意，利用沉香木把中国山水画和田园诗的意蕴相结合，创作出独树一帜的沉香木山水田园雕刻艺术作品。”还有人评价：“他将中国画中的山水画创作技法移植到雕刻中，这在中国和世界也是首创，使中国古老的木雕艺术创作技艺，在沉香木山水田园雕刻上得到了传承与创新。”更有人感慨：“俗话说，沉香价比黄金，而如今，沉香已是价比钻石。用沉香木雕刻已是少之又少，而如此精湛的雕作举世罕见。”中新网也评论道：“古来沉香作品的题材途径多是仙、佛为主的造像雕刻，或以走兽、瓜果、鸟虫为题材的一些小摆件与把件，这次展览上却没有看到，而是将中国山水画的创作理念、中国古典诗词的意蕴与形态丰富的沉香木结合在一起进行创作，使其超乎自然而达到艺术层面的理想境界。”

专家们的研讨则更具专业深度。在“郑春辉沉香木雕刻艺术青岛展暨鲁闽文化交流学术研讨会”上，青岛文物考古研究所研究员巩升起评论道："观郑氏沉香，就雕刻手法而言，圆雕、镂空雕、微雕、透雕、精雕诸法皆有所见，细而不腻，灵而不匠，疏密有致。十几年前，他就尝试将传统的文人山水画和相关诗文转化为雕刻作品，于是今天我们就看到了展子虔《游春图》、王希孟《千里江山图》和黄公望《富春山居图》的沉香木形式，也看到了陶渊明《桃花源记》、张若虚《春江花月夜》和苏轼《前赤壁赋》的诗意再造。简言之，其作品最具特色和创新价值的部分在于把中国山水的艺术理念、表现手法及笔墨情趣反映到了沉香木上，对此进行了开创性的探索。尤为难能可贵者，是对材料的尊重和对自然的感悟，缘此而萌生的艺术构思耐人寻味，在高难度的艺术控制中表现出了挥洒自如而精妙入微的力道，在传承古代艺术精华的基础上表征着艺术'活在当下'的况味，开启了多元艺术融通的一条新路径。诗意与画境俱在，借助一片沉香木来表达人生真意，在小小雕刻刀的飘转与凝固中完成了别开生面的艺术转化。"

青岛大学美术学院教授侍锦表示："当今，能使人震撼的作品实属罕见，如《富春山居图》。可是今天看了这些作品，又勾起我对自然的联想：质朴自然、细而不腻，非常有意境。作品完全保留了自然的特点，这种风格在继承传统的同时，讲究手法多元、层次分明，表达了现代人对木雕的理解。《赤壁怀古》《桃花源》《溪山渔隐图》非常精致，但又不是为精而细，而是对主题的烘托、搭配。所有作品既可远看，又可近看，连木座的配搭也非常完整，能使人联想到全景、远景和恢宏的气势，这在文化上是很亮的闪光点。”

专攻艺术史研究的《中国雕塑》杂志社编辑宋扶日认为：“在郑老师这些以表现田园山水为主题的作品中，既拥有中国文人的悠远情怀，又有西方艺术中严谨的构图与塑造特征。在创作过程中，他将中西艺术的精华加以巧妙地融合与创新，展现出独特的艺术视野与创造力。他的作品使人联想起古希腊古罗马浮雕艺术的特征，使作品兼具平面感与立体空间感，似乎是以雕刻的技法来完成一幅幅绘画作品，实现了艺术表现形式的跨界融合。此外，沉香木的自然形态与所表达的主题的悠远意境还在作品中形成了一种‘暗合’。他的作品既有精雕的细节，又有自然的原始意味，这让人联想起英国雕塑家亨利·摩尔和罗马尼亚雕塑家康斯坦丁·布朗库西对材料本质以及对材料原始形态的尊重，同时也是对自然造物的景仰。”

山东省美术家协会副主席张伟评说：“妙手偶得更能代表艺术家的一种创作状态。郑大师化腐朽为神奇，将沉香这种含有先天局限的材料介入思维，一如戴着镣铐跳舞。信马由缰并不高明，创出别人不可企及的佳作才难能可贵。小小的局部可以体现宏大的场面、寄托深沉的感情，引发诗情画意的共鸣，实属大俗大雅的境界。”

在西花园举行的“工艺美术与文人趣味”学术研讨会暨礼冬雅集，让人联想起古典的“西园雅集”。“西园”为北宋驸马都尉王诜之第，曾邀众多文人学士游园，米芾为记，李公麟作图。史称“西园雅集”，可与晋代王羲之“兰亭集会”相媲美，成为中国文化史上的经典佳话。此次的“礼冬雅集”，既点明了冬令季节的独特氛围，又像是一场穿越时空的文化传承，是文人高雅趣味在当代文化生活中的延续，寓意深远。

神秘的故宫为家具与木雕大师开启了深幽的大门，他们在各自30余年的创作生涯中，从不同的艺术之道出发，共同迈向工艺之美的至高境界，不懈探索传承与创新之间富有生命力的连接。他们的作品不仅体现了“游于技”的匠人精神，更体现了“游于艺”的文人趣味，堪称当今工艺美术发展进步的典范。

这既是一场严谨的研讨，也是一次浪漫的雅集。研讨会间隙，洞箫演奏家谭宝硕先生、古琴演奏家马常胜先生、茶人王琼女士、琵琶演奏家章红艳女士相继登场，倾情演绎携琴访友，烹茶待客，文人对弈等场景，这些艺术家举止优雅，气质高华，技艺精湛，每一个音符，每一缕茶香，都尽显传统文人风标，为雅集增添了浓郁的文化色彩。

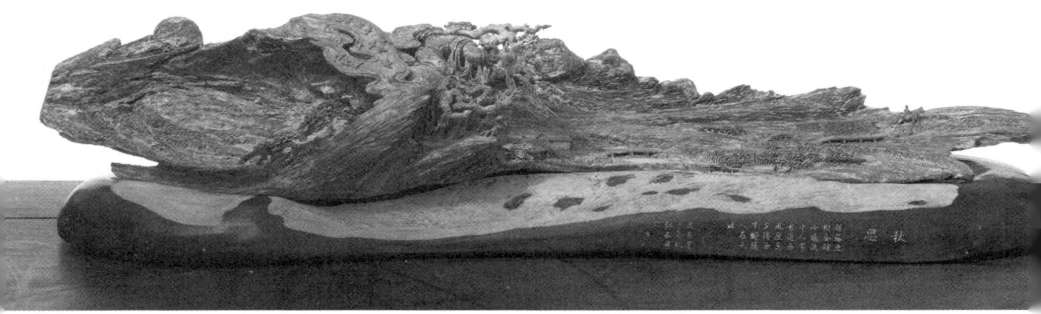

《秋思》

郑春辉创作的数十件沉香作品陈列于园中敬胜斋、静怡轩、延春阁等处，在琴箫低回，茶味氤氲中，接受专家学者的观赏与评判，这也是他的第三次沉香作品展。

研讨中，郑春辉介绍了如何巧妙借鉴中国山水画的布局，来创作山水田园题材作品。沉香木体积不大且易碎，要在有限的空间中雕桥梁、房屋、树木、人物等，精雕细刻极具挑战性，需要扎实的雕刻功底。他最初采用镂空雕和透雕的技法创作花鸟类题材，随着技艺的日益精进与艺术感悟的逐步提升，第二阶段开始创作山水田园类作品，到了第三阶段，则大胆尝试融入中国传统文化元素，把诗、书、画、雕融为一体进行再创作，并注重开拓作品的意境。

中国工艺美术协会会长周郑生指出，郑春辉的作品堪称“指尖上的艺术”，特点是巧雕，俏雕，巧借天工，利用沉香木的天然形态，把中国的山水画、田园风光所表达出来的意境融入作品当中，具有相当高的诗情画意和艺术感染力，宛如一幅幅立体的诗画。

中国工艺美术大师评委专家组成员唐克美认为，他的田园雕刻是有生命力的，始发自然，高于自然，虚实相应，主题突出，表现力非常丰富。他有个人的艺术风格，辽阔，宁静，舒展。艺术家的个性，艺术的独特性，艺术的品质，这是要用一生去追逐的，郑春辉做得非常出色。

故宫出版社总编辑赵国英评价说，郑春辉作品文人气息浓郁，很有艺术个性，体现了中国绘画与诗词语言的精妙融合，他的作品除了对材质、主题、深刻的了解与精准掌握，关键是他擅长对所有木雕技艺的融会贯通，从而创作出独具匠心的作品。

故宫博物院原文保科技部主任曹静楼对郑春辉的山水田园作品感到震撼，认为他继承了宋明山水绘画的理念，

《云水之间》

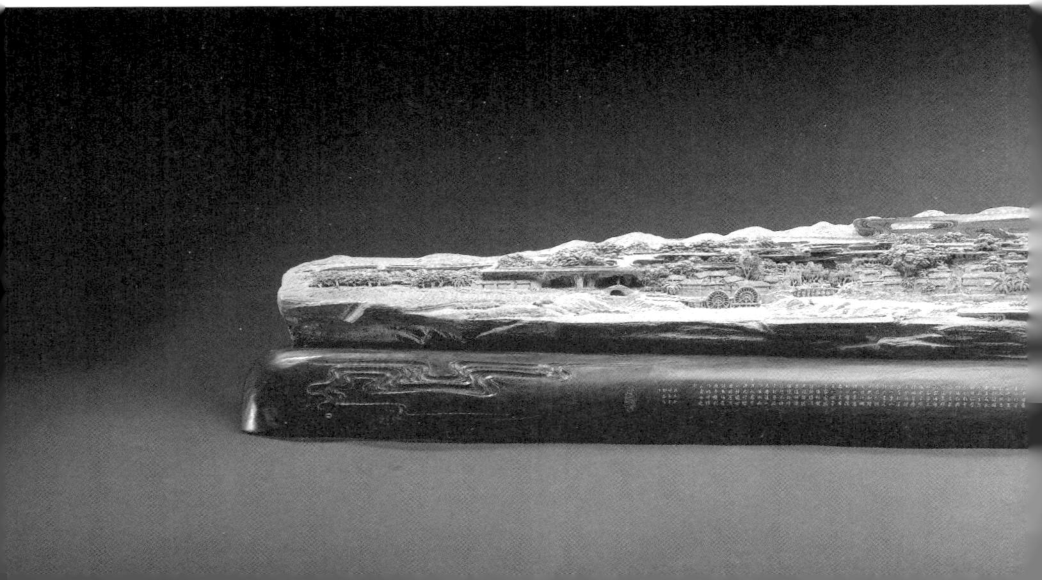

这些沉香作品，承载着中国的传统文化和工艺水准，从形态、材质到工艺、韵味，都深含文化底蕴与哲学理念，映照出儒释道的一种精神境界与文化内涵，是中国传统文化在木雕艺术领域的生动诠释与精彩呈现。

专家们总结归纳，郑春辉早期的木雕作品刀笔精微、依势循纹，将山川万物雕刻于方寸之间，后来的作品则大巧若拙、依物象形，将自然之美融于具象的木器之中。他是把沉香木当纸，把刀当笔来进行创作的一位了不起的艺术家。在人们越来越追求更具表现力的文化潮流中，他

的作品可以成为国人追求有品质生活、走向世界的一个标志，弘扬这种标志，我们大国崛起的姿态会变得很优雅。

建福宫花园中，仿佛徐徐展开了一幅文人雅会的精美图卷，这是现代版的“西园雅集”，生动呈现出中国文人“四艺合一”的艺术修养与审美内涵，分享了一种“娴雅好古”且充满美感的生活情致与方式。

此后，故宫博物院做出了破例之举，为郑春辉敞开了更深的楼阁，他创作的《溪山访友图》等20多件沉香木雕佳作，得以长久入驻延春阁，这不仅是木雕作品的陈列，更是诗意词韵的入驻，这批精美的雕作，为故宫深院注入了一股艺术活力，这在故宫的历史上尚属首次。

正如古人所说：“以文会友，以友辅仁。”这场盛会，不仅仅是对工艺美术的一次深入探讨，也是对文人趣味的深情回溯，更是对文化传承的深刻省思。身处这个快节奏的现代社会浪潮之中，我们迫切需要这样充满雅韵的集会，以便能够暂时停下匆忙的步履，静下心来，沉浸在传统文化的迷人魅力之中，细细品味文人趣味的深邃内涵，寻找心灵的慰藉与精神的归依。

时光流转至2020年6月10日，在中国民间文艺家协会举行的专题研讨会上，郑春辉的创新与突破被称为工艺美术界的“郑春辉现象”。这一现象，完美诠释了传统工艺在当下的传承之路——守正创新。守正，是他对传统文化的坚守与传承；创新，则是他在传承的基础上，融入时代元素，赋予传统工艺焕然一新的生命力。

第九章

『千里江山』，铺展的家国情怀

2022年初夏时分，阳光尚且温柔，我前往浙江湖州太湖畔参加会议，而后奔赴苏州，重访寒山寺和拙政园，去探寻历史人文与自然交融的独特韵致。

返回老家福建莆田时，我搭乘高铁，从烟柳迷蒙的江南启程，途经宛如水墨晕染的徽州，路过浙闽赣三省交界处的衢州江山市，远远眺望那奇秀的“世遗”江郎山和古代著名关隘仙霞关。一路上，山川城乡的柔美与壮丽令人陶醉。在列车“嗡嗡嗡”的运行间，思绪忽然飘飞，念及历史车轮的滚滚行进，更因“江山”这个地名，心中涌起对“江山社稷，黎民百姓”的无尽遐想，也自然而然联想到郑春辉创作的那件雄浑壮阔的木雕巨制——《千里江山图》。

《千里江山图》，是郑春辉带着3个徒弟，耗费26个月精心雕琢而成，静静躺卧在“春晖木雕艺术馆”一楼，散发着摄人心魄的魅力。作品取材台湾红桧木，是继《清明上河图》之后的又一扛鼎之作。正如石雕需历经“千锤万凿出深山”的砥砺，木雕也要在“千刨万凿出刀锋”后，方能诞生。它宛如一部无声的史诗，承载着深沉厚重的家国情怀，也默默诉说着创作者精益求精、执着坚守的匠心。

众所周知，云蒸霞蔚的盛唐与风情万种的两宋，堪称群星闪耀的文化盛世，彼时的年轻才俊们，才情横溢，卓绝群伦，令人倾慕。王勃26岁挥就《滕王阁序》，笔下“襟三江而带五湖，控蛮荆而引瓯越”“潦水尽而寒潭清，烟光凝而暮山紫”“落霞与孤鹜齐飞，秋水共长天一色”等名句，气势恢宏，吞吐万象，仿佛将整个天地都纳入笔下。

王希孟18岁绘就《千里江山图》时，正值北宋盛世，社会繁荣，经济昌盛，文化灿烂，为他的创作提供了丰

《千里江山图》全图

饶的素材与无尽的灵感源泉。在宋徽宗的悉心指导下，王希孟以青绿色为主色调，运用“浅降山水”画法，将山水的清新自然与雄伟壮阔展露得淋漓尽致。千里江山跌宕起伏，江河湖港烟波浩渺，飞瀑鸣泉与丛林翠竹相互映衬，建筑精致别致，人物疏密得当。整幅画卷生机勃勃，定格了大宋江山的绝代风华，铸就了千年东方美学的经典范式。这般境界，非胸怀乾坤、心有大格局者不能为。

“造化钟神秀，阴阳割昏晓。”作为古代绘画的传世瑰宝、故宫博物院的镇馆重器，《千里江山图》百年来仅展出四次，每次都吸引数以万计的观众排队瞻仰，只为感受那跨越千年的艺术魅力。其卓越的绘画技艺、深厚的文化内涵和重要的历史价值，使之成为人们了解与研究中国传统文化的珍贵资料。这幅神奇的山水画卷，不仅呈现了自然山水的秀丽壮美，更传递出人与自然和谐共生的人文精神，仿若一面镜子，映照出古人对自然与生活的深刻理解与敬畏之心。

郑春辉感慨道：“当我们徐徐展开《千里江山图》这幅旷古巨作时，怎能不被其雄伟浩荡的气势所震撼！我们无法理解，一个年仅 18 岁的少年，怎会对自然景物有这么深刻的理解，又怎会拥有这么高超与成熟的处理手法。王希孟似乎是专门为这幅画来到人世间，‘未几死，年二十余’，来去匆匆，恰似一颗流星划过中国美术的星空。源于对这幅画的喜爱与感动，我一直在寻思如何用木雕的形式来创作，让作品以三维立体的效果展现出来，给人们以另一种观赏体验。”

如今，他带领劳模工作室团队创作的木雕《千里江山图》，陈列在“千里江山馆”内，以一种无法言喻的美击中了我。

作品形体修长，有 12 米长，仿若一条沉睡的巨龙。与之相对的展柜中，铺展着故宫博物院原院长单霁翔赠给艺术馆的复刻版《千里江山图》。故宫复刻版《千里江山图》限量制作 100 件，师傅们采用纯手工精心制作，经过 27 轮严苛的调色工序，对原作细节的还原度高达“五个九”（99.999%），观赏价值不言而喻，也是足以传家的艺术珍品。

木雕作品与复制画图长宽相近，分两边横列在柜，两者相对而置，相映成趣，相得益彰，默默诉说着各自的故事，又共同演绎着艺术的华章。

木雕长卷《千里江山图》依据原画再创作。无疑给郑春辉带来了更大挑战。相较于《清明上河图》，其对技艺层面和思想深度的要求更为严苛。《清明上河图》属中近景图，而《千里江山图》是远观图，元素繁多且精细，十分考验技艺功力，以作品中的纤绳来说，又要比《清明上河图》中的细了几毫。原画为平面二维，木雕作品却是立体三维，需巧妙运用透视原理，妥善处理好方位关系与布局关系。画作能够借助墨痕、色彩、笔锋展现山河盛景与人文精神，而木雕作品仅为单色调，雕刀也不如画笔那般灵动自如，如何呈现原画神韵，着实是道难题。

《千里江山图》局部

正如郑春辉所说：“木雕创作过程是孤独的，内心要静，不能有杂音，还要捕捉灵感和心流，这就注定了要完成一件作品是一场持久的马拉松。这件作品的许多处理手法是前人没有碰过的，要用新的技法探索来表情达意。例如，原画中那座桥并不是最显眼最重要的，但在木雕中它就是一个亮点、一个主角了，可以呈现高超的技法水平。”

他又对我说道：“《清明上河图》也是如此，原画中，那些几十厘米的帆绳人们是不会去关注，但在我的木雕中却成为亮点，这就是二次创作的魅力，在复制这些经典之前，创作者要有想法，你想要呈现什么给观众？”

这就不得不说绘画作品的“画眼”与木雕创作的“雕眼”了，它们都是作品中最为突出、吸引人的关键部分，也是作品构图的核心所在。世界名画《蒙娜丽莎》的“画眼”是蒙娜丽莎本人的面部，特别是她的眼睛和微笑，这些元素共同构成了这幅画作无与伦比的魅力和永恒的谜团。《清明上河图》的画眼是虹桥、城门与市集，以河流与船只贯穿整个画面。长卷画《千里江山图》的“画眼”却是多维的，是一种流动的叙事性，它随着观者的欣赏过程而变化，整幅画的魅力恰在于其“移步换景”中无数小画眼的交织，最终汇成“咫尺有千里之趣”的永恒江山。而在木雕长卷《千里江山图》中，那座带有桥亭的连接山水的长桥无疑就是最突出的“雕眼”了，它既是物理通道，也象征人与自然的沟通，暗含天人合一的哲学内涵。另外，那群山中奔流而下的多叠瀑布也是一个欣赏关注点，有专家说是庐山的三叠瀑，也有专家说是莆田市仙游县的九鲤湖瀑布，理由是当时参与指导王希孟作画的当朝太师蔡京是仙游人，有可能向画家推介了其故乡的这个瀑布景观。

衣带渐宽终不悔，为伊消得人憔悴。在精神运化的高境里，艺术创作宛如一场朝圣，当灵感乍现，启示降临，便可持经典而应变，取精华而妙用，这个过程恰似破茧成蝶，需历经艰难的挣脱方能振翅。令人惊叹的是，在两年多漫长的时光里，郑春辉与他的3位徒弟，历经草图绘制、拓稿、优化设计、粗坯制作、细坯雕琢、精雕修光、表层磨光等重重工序，依循中国画的构图原则，就这样凭借莆田传统的镂空雕、精微透雕等精湛技艺，结合春辉山水意境手法，成功地以三维立体之态，创作出了这件惊世之作。

伫立在这件立体山水作品前，雄伟辽阔的千里江山跃然眼前。从远景眺望，山峦连绵起伏，郑春辉巧妙利用木料凹凸不平的块面和自然纹理，勾勒出山的起伏轮廓线，营造出雄浑大气的群山气象；又借木质本身透出的红黄色泽，展现黄昏时夕阳洒在江面上波光粼粼的景致，远水则呈现出烟波浩渺的意境。

这就是二次创作的价值，为人们提供了跟原画不一样的视角空间，让人仿若置身于那云雾缭绕的高山之巅，俯瞰着这无垠的壮丽山河，心生豪迈之情。我们不妨把神思

《千里江山图》局部

《千里江山图》瀑布

化为飞鸟，翱翔在这片神州大地上，领略如涛的群山与似梦的烟水，看那条悠然远去的小船，牵长了我们打量历史的目光。

将目光移至中景，江河奔腾不息，水榭亭台错落有致地分布在江边，渔舟在江上悠然漂荡，船上的渔夫、岸边的行人等细节清晰可辨。最为精妙的当数那座廊桥，小柱细如牙签，每一根都从原木上慢慢掏出。这些元素通过镂空雕、透雕等精湛技法雕琢，变得栩栩如生，仿佛能听见那江水的流淌声、渔夫的吆喝声，让人感受到江畔生活的生机盎然与逍遥闲适。

近景处，错落有致的茅庵草舍、溪边的树木等元素丰富了整个画面，它们被雕琢得细致入微，成片的树叶仿若在微风中轻轻摇曳，亭台楼阁的门窗上雕刻着精美的花纹图案；村落民居中能够看到屋内的家具陈设和人物活动。观者的思绪会不由自主顺着画面中的路径，去探寻山中的奥秘，去想象山人野老为何独行，渔舟上对饮的酒客又在诉说怎样的传奇故事。

这仿若一部现代版的《山海经》，又似工艺版的《笑傲江湖》。作者神思穿越千年，意态纵横万里，以一种艺术的深邃与辽阔，一种难以释怀的深情与向往，去拥抱心

《千里江山图》桥梁

中那片广袤无垠的万水千山，为观众奉献了一场宏大壮丽的视觉盛宴。

让我们放飞一下思绪吧，这件作品无异于创作者戴着镣铐在一根狭长木材上跳的芭蕾，跳出了浩大的气魄与灵动的意境，仿若让千里江山的精魂凌空而出。它告诉我们，一根有限的木头，确实有突破本身限制，抵达无界之境的可能。夜阑人静时回想起它，似乎仍能听到那委婉质朴的夕阳箫鼓与野趣盎然的渔唱樵歌，那是自然与生活的和声，是艺术与心灵的共鸣。它更促使我们思考，该如何与宇宙天地对话，与美好的自然和谐相处。

郑春辉坦言：“起初我也做了《千里江山图》，后来在故宫博物院看到北宋王希孟的真迹，内心受到强烈的震撼，哇，宋时的那个线条真是娟秀，认真观看，那时的画家就懂得在墨的浓淡之间形成一个光线明暗的关系；那幅青绿山水尽管有忠君思想，但也表现了天人合一的境界，画里不只有山峰叠峦、亭台舞榭，更有隐世樵夫、烟火人家。你看那艘打鱼船，它很从容、宽松、闲散，演绎出一种人与自然、人与人之间和谐相处的情怀，带有追求理想的创作灵魂。看了原画之后，我就把整件原作全部推翻了，重新创作。”

由此可见，从艺之路永无止境，世间没有人能够踏入同一条河流，不同的环境会赋予人不同的认知，不同的时间也会带来别样的解读。对于郑春辉来说，千里江山便是他的神州家国，《千里江山图》中，有他故乡的那一抹白月光，有他心中的世外桃花源，有他梦里的春江花月夜，有他已过万重山的轻舟，还有他清丽婉约的诗韵江南，也有他浑朴厚重的苍雄北国。

这件木雕长卷，历史张力与文化气韵俱佳，不仅以艺术形式的创新回溯古典，更为世人开启了一扇全新的视野，引领人们去理解与欣赏中华传统艺术的博大精深，它仿若一座桥梁，连接着过去与现在。

第十章 春晖木雕艺术馆：艺术之光照亮精神家园

在南方，只要不遇寒流，仿佛没有冬天，花色艳，草树青，近水远山一律鲜活。

这是一个碧空如洗的晴日，冬日的暖阳懒洋洋地沐浴着“春晖木雕艺术馆”。馆外是一方小巧的园林，池塘澄澈，小桥卧波，繁花与绿竹相互映衬，阳桃、秋枫、香樟、蓝花楹、石榴茜错落挺翠，勾勒出一幅宁谧而和谐的景致。池塘中，一叶扁舟悄然停泊，似在静候一场审美的邂逅。塘边，一棵参天的大杧果树高高耸立，它已有

200多岁的树龄，堪称“老爷爷”了，默默守护着这片艺术的净土。

踏入“春晖木雕艺术馆”，其中“千里江山厅”“清明上河厅”“福文化创意厅”“综合厅”以及二楼的“沉香雕刻艺术厅”等展厅依次映入眼帘。这里的每一件木雕作品，都在诉说着或悠远或深沉或激昂的故事，透露出一段段被岁月尘封的过往，蕴含着真挚而炽热的情感，给人带来强烈的视觉冲击。

《乡情悠悠》，这件在“艺鼎杯”木雕现场创作大赛中摘得金奖的佳作，是郑春辉带领几位徒弟在一周的时间里，倾注心血而成。那时，雕刀在木头上舞动，木屑纷纷扬扬，就像一场灵动的舞蹈，在莆田工艺美术城众人的凝视下，故乡那熟悉而又亲切的轮廓渐渐清晰起来。那是情感与技艺的交融，每一凿，每一刀，都镌刻着对故土的眷恋。

福建土楼，如同一颗颗建筑明珠，分布于闽南与闽西山村间，承载着客家人千年的故事。它从历史的深处走来，历经岁月风雨的洗礼，依然屹立不倒，是客家文化的瑰宝。遥想冷战时期，它那独特的“飞碟”外形，还曾被美国卫星误以为是核弹发射井。作品《闽乡风貌》，将土

千里江山厅

楼的独特韵致展现得淋漓尽致，原木上的那块天然黑斑，经创作者的奇思妙想，呈现出土楼烟熏火燎的斑驳岁月。看着这件作品，人们仿佛能从袅袅升腾的人间炊烟里，听到孩童们的欢声笑语，那是生活与艺术的水乳交融，是对传统民居文化的深情致敬。

武夷山，是福建的一张亮丽名片，山中清泉漱玉，飞瀑如练，奏响自然的乐章；道观庄严，书院古朴，诉说着文化的传承；自然之美与文化之韵完美交融。作品《武夷春色》，运用莆田木雕精微细雕与多层镂空雕技艺，把这“双世遗”的魅力呈现在一块木头之上。于是，那山仿佛有了脊梁，那水仿佛有了脉搏，人们仿佛能真切感受到微风拂过山林的轻柔，听到溪流潺潺的低语。木雕的世界里，自然与文化相拥而舞。

二楼的沉香展厅里，弥漫着独特的芬芳，这是沉香木特有的香味，《平沙落雁》《春江花月夜》等作品，都是郑春辉美学思想趋向成熟的佳作，散发着独特的艺术气息。它们超脱物质的凡俗表象，依循木头的天然形态，顺势而雕，每一处线条的流转，都像是自然与诗意的深情对话，充满了灵动与韵味。它们宛如隐匿于尘世中的雅士，是造化与人工天作之合的杰作，独一无二。只有具备一定文化积淀与审美眼光的人，才能真正领略其中的深邃意趣。

郑春辉视这些作品如珍宝，他动情地说：“我把得意之作看成自己的孩子，无论价格多高，都舍不得出售。我选择开办木雕艺术馆，把它们收藏起来，展示给更多的人看。艺术馆终究是要留给这座城市的，子孙自有子孙福，把文化的东西留下来，比留财富更有意义。”他一直在探

郑春辉的徒弟张飞凤正以“精微透雕”进行创作

索，如何把传统工艺美术转化为优质的文旅项目，这已然成为他心中坚定不移的人生理想。

他的这种想法，打动了老画家范曾。在北京一个宁静的夜晚，郑春辉怀揣自己的作品集，虚心地向老画家请教。交谈间，他畅谈了创办个人木雕艺术馆的构想，言辞恳切地请求范老为艺术馆题写馆名。

老画家对他的才情与抱负赞赏有加，眼中闪烁着欣赏的光芒，当即呼唤老伴儿：“楠莉，帮我拿宣纸，磨墨！”随后，便兴致勃勃地在六尺宣纸上挥毫泼墨，只见他笔锋游走如龙，“郑春辉木雕艺术馆”八个大字跃然纸上，而后郑重落款。

回到莆田后，郑春辉却陷入了沉思。他挠着头皮，越想越觉得不妥，心中暗自思忖："以自己的名字作为馆名，是否过于张扬自负了呢？办馆可不是拿来自我吹嘘的，别人会怎么看呢？"于是，向来谦虚低调的他，再次与范曾先生联系，诚恳地说明了修改馆名的缘由，并请求再写一幅"春晖木雕艺术馆"。

不久之后，老画家就将他所求的墨宝寄了过来。细细品味，"春晖"一词堪称神来之笔，它不仅与郑春辉的名字谐音，更蕴含着木雕艺术如春光般明媚、如春苗般蓬勃、生生不息的美好寓意。

此后，老画家范曾与郑春辉成了忘年交，老画家对这位雕刻界才俊格外赏识。当看到郑春辉的作品《溪山渔隐图》时，范老以画家的敏锐眼光审视良久，不禁击节赞赏道："在这样一块小小的木头上，作者竟能熟练并自如地利用材料的天然形状，再结合中国山水画的构图原理进行布局创作，充分体现了作者对空间处理的驾驭能力，这在中国雕刻家中是罕见的。"

郑春辉始终坚信，艺术家不能只关注小我，而是要聚焦"国之大者"，肩扛时代使命与艺术担当。艺术作品的活力，不仅体现在题材选择上，还要紧扣发展主题，让作品的思想和情感与时代脉搏同频共振。这些年来，他用一件件饱含心血的新作，践行着自己的所思所想，以木雕艺术为载体，用心讲好每一个中国故事，传递时代前行的铿锵足音，豪迈抒写大国的独特表达。

创作《祖国颂》时，他的思绪仿若穿越时空的飞鸟，飘向方志敏烈士笔下饱含深情的《可爱的中国》。书中所憧憬的美好愿景，如今已成为祖国繁荣昌盛、生机勃勃的现实。怀着对新中国成立70周年的深切敬意，他以耿耿的赤子之心，精心打造了这份献礼之作。

创作《光辉闽西》之际，他的思绪仿若回到那段热血沸腾的革命斗争岁月。他试图通过这件作品，唤起人们对历史的铭记与对先烈的缅怀之情，激励着大家不忘初心、砥砺奋进，以此庆祝中国共产党成立100周年这一伟大的历史时刻。

为创作展示脱贫攻坚成果的《闽乡多锦绣》，郑春辉不辞辛劳，先后三次深入闽东宁德的偏僻深山进行采风。

这件作品以福建省寿宁县下党乡的景物为创作蓝本，采用传统国画的散点透视法构图，刻画了下党乡远山近水廊桥人家的美丽景色：远处，群山巍峨耸立，白云在山间

郑春辉指导美院学生实践操作

缭绕；近处，成荫的竹柳环绕着村舍，归家的农人有的扛着锄头，有的挑着水桶，驱赶着成群的牛羊，悠然地走在回家的小路上。在这如田园诗般的山村景象中，既能感受到乡村生活的质朴与纯真，又能看到脱贫致富后充满活力与希望的变化。

专家评价，这件作品可视为莆田木雕当代精神的典范之作。有了山乡巨变的坚实依托，家国理想不再是遥不可及的乌托邦空想，而是实实在在地扎根于父老乡亲辛勤耕作的土地之上。

这充分表明，郑春辉不仅以博大精深的中华优秀传统文化滋养木雕创作，还鲜明地注入中国精神与时代审美意识，这种品格与气度，引人深思，值得借鉴。后来，《闽乡多锦绣》被福建省非遗博览苑收藏。

为了创建“春晖木雕艺术馆”，郑春辉毅然卖掉了自家的房屋，倾其所有，历经5年的不懈奋斗，终于把梦想一步步化为现实。这座艺术馆占地上万平方米，成为莆田首家民办木雕艺术殿堂，而且，它常年免费开放，迎接各界人士与海外宾客。无论是机关单位的文化交流，学校社团的艺术学习，还是海内外艺术家的切磋探讨，都能在这里找到艺术的共鸣。至今，艺术馆已接待观众超10万人次，宛如一座文化交流的桥梁，连接着不同地域、不同文化背景的人们，它也是心灵交融的温馨之所。

这座艺术馆在木雕领域举足轻重。它仿若一个功能齐全的艺术魔方，涵盖展览展示、创作创新、非遗传承、研讨培训以及文化旅游等多个维度。馆内精心布局的传统文化与红色文化区域，是郑春辉挖掘木雕技艺与文化内涵的重要阵地。他通过开展丰富多彩的学术研讨活动，让木雕艺术的深度与广度不断拓展。同时，他还面向青少年播撒

俯瞰春晖木雕艺术馆

艺术种子，开展传统文化与爱国主义教育，为福建地域工艺美术文化注入新的活力与希望。

匠心不是自我封闭，而是乐于分享，让技艺传承开来。身为国家级“非遗项目莆田木雕代表性传承人”，郑春辉以全国示范性劳模和工匠人才创新工作室为平台，会聚了诸多技能方面的领军精英，还延请专家学者，定期举办培训班，充分发挥名师带徒与劳模引领作用。在培训带徒授艺过程中，他耐心细致地指导，与学员们协力攻克技术难题，推动木雕技艺持续发展。他还用心组织同业交流活动，提升行业整体水平，一场场成果展示，让木雕艺术的魅力尽情释放。

迄今，他已成功培养出200多名优秀木雕人才，其中不乏省级、市级工艺美术大师，还带动了一群技术人才的进步与成长，数十人取得职业任职资格，十多人取得了大、中专毕业证书，为木雕行业的人才培养与技艺传承创新源源不断地输入生力军，让木雕艺术在新时代的浪潮中，拥有更坚实的发展条件与更广阔的前景。

郑春辉的工作室里，飘荡着一股独特的木香，林强正在为一件山水作品打坯，木屑簌簌落在靛蓝的围裙上，我注意到他的虎口有块老茧，仿佛一枚岁月的勋章，无声诉

劳模工作室成为美院学生实训基地

美院学生实习作品

说着坚持与努力。

“你是哪一年来跟郑师傅学手艺的呢？”我好奇地问。

林强沾满木屑的手指轻轻掰算着说：“我是2010年来拜师的，到现在已经有14年了，当时我连刻刀都握不稳，是郑师傅手把手教我，从平雕的基础一步步学起。”

“这些年里，你都学到了哪些技艺呢？”我追问道。

林强沉思片刻，缓缓说道：“我主要学习了各种雕刻技法，如精细雕、镂空雕等。郑师傅鼓励我们边学技术边学理论，我取得了莆田艺校、福建艺术职业学院的中专和大

《光辉闽西》

专文凭，前年还评上了高级技师。”

我称赞道：“进步可真大啊，这里边有什么诀窍呢？”

林强回答：“这种理论与实践相结合的方法，让我收获了许多知识，也提高了动手能力。”

他接着感慨万分地说：“跟着郑老师，我不仅开阔了眼界，更学会了做人要谦虚谨慎才能不断进步，做事要瞄准目标锲而不舍才能成功。郑师傅是我技艺的导师，也是我人生道路的引路人。”

比林强更早，鹰潭市余江区的黄仕标和张飞凤夫妻

2003年前来拜师，至今已在郑春辉的工作室耕耘了20多个春秋。岁月仿佛在他们的作品上刻下了深深的年轮。

提及从艺之路，张飞凤最深的感触是：“郑老师常说‘木头会说话’，他的创作理念独特，作品有让人身临其境的感觉。比如他雕刻的江南垂柳，看上去仿佛在微风中轻轻摇曳。经过他这么多年的引领指导，我们现在做的东西也变得有灵性了，没有郑老师就没有我们的今天。”

张飞凤已守在一件“姑苏城”的作品前，精雕细镂了两个多月，我来到她的创作台前，仔细观看。灯光下，她的雕作中杨柳依依，临河民居的屋瓦细腻如窗纱，河中的船只往来穿梭，有的正在落帆靠泊卸货。而她，正全神贯注地雕琢着船只上那花生粒般大小的人物。

在郑春辉劳模工作室的多年历练下，黄仕标已成长为莆田市工艺美术大师，张飞凤也成了技艺精湛的技术能手。

在郑春辉的众多徒弟中，还有一段因木结缘的爱情佳话。来自江西的徐忠华与万秋英，因对木雕艺术的共同热爱而走到了一起。为了追求技艺的突破与提升，他们在1999年来到福建莆田，拜郑春辉为师。徐忠华回忆道：“南昌的木雕以樟木平面雕为主，而莆田的木雕则技

《闽山闽水物华新》

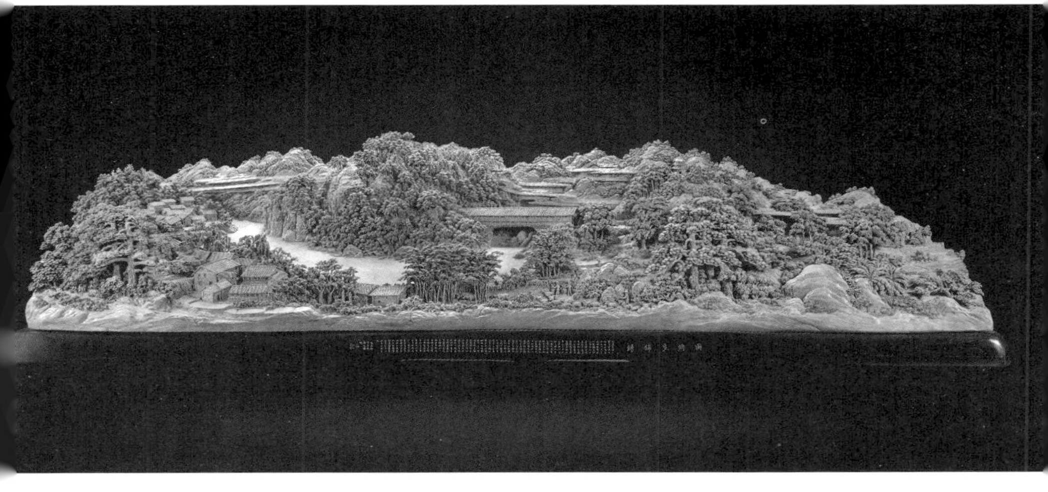

《闽乡多锦绣》

艺精湛，立体雕、透空雕、高浮雕、薄意雕等技法层出不穷。”

在莆田这片艺术的沃土上，他们得到了郑春辉等名师的悉心指导，练就了扎实的雕刻技艺，并逐渐形成了自己独特的风格。他们的爱情与雕艺同生共长，最终如愿步入了婚姻的殿堂。2006 年，夫妻俩学成回到南昌，创立了“奇木阁”木雕工作室。

他们遵循师父的创作理念，作品力求保留原料的本真之美，同时辅以精雕细琢，拙朴粗犷与精巧匠心完美融合。岁月流转，徐忠华创作的木雕作品在国内大赛中屡获殊荣，他也因此荣获“洪城技师”等称号，镌刻出一段爱情与事业双丰收的璀璨篇章。

郑春辉身兼鲁迅美术学院、福建艺术职业学院、宁夏艺术职业学院、莆田学院客座教授，另外还是北京林业大学特聘专家。自 2013 年起，他的劳模工作室与这些院校携手办学，成为校外实践教学和实训基地，尝试理论与实践相结合的二元制人才培养模式，每年都要接待鲁艺雕塑系等多个院校的实习学生，每批 20 余人，他无私地向孩子们提供免费食宿与雕刻材料，希望孩子们除了学习理论知识，也能修习传统技艺，丰富实践经验，为毕业后的就业与创作赋予更多可能性。每届实习课程结束时，学生们都会依依不舍地和他告别，那种留恋场面，令人感动。

法国作家罗曼·罗兰曾说："艺术的伟大意义，基本上在于它能显示人的真正感情、内心生活的奥秘和热情的世界。"这或许就是郑春辉如此执着地把生命精神投入木雕艺术的原因吧。

从某种意义来说，"春晖木雕艺术馆"不只是展示木雕艺术的场所，也是培养新生代专业技术人才的摇篮，它们更是他的精神家园，珍藏着他对事业、对故乡、对后辈、对伟大祖国深沉的爱。

工匠与大国工匠的差别，就在于这份胸怀天下的炽热情怀。

第十一章 匠心璀璨，迈向荣耀之路

2019年11月16日，一个注定被铭记的日子。2019年“大国工匠年度人物”评选揭晓。在中华全国总工会与中央广播电视总台联合举办的揭晓仪式上，10位来自不同行业的“大国工匠”荣耀登场。郑春辉就在其中。他是全国工艺美术界的首位“大国工匠”，也是福建省唯一获此殊荣的代表。

“从一块朴拙的木料到一件无价的木雕作品，要经过千刀万刻。从一个平凡的手艺人到非凡的‘大国工匠’，要经过千锤百炼。这把刻刀，雕刻的是岁月，雕刻的是中华优秀传统文化的不断传承，雕刻的更是期盼祖国早日统一、共享民族复兴伟大荣光的中国梦！”这是评审委员会给予郑春辉的颁奖词，重若九鼎，字字千钧。

一路披荆斩棘，终踏康庄大道；历经千凿万磨，铸就大国工匠。郑春辉的当选绝非偶然，那是三十多年重重叠叠的磨砺与沉淀，是无数个深夜里炭笔画过草图的沙沙细

“大国工匠”郑春辉

语，是许多个清曦微露与暮色深沉之际，木槌敲击凿刀的“梆梆”声响。他对木雕事业不离不弃，以木为舟、以刀为桨，驶向一个又一个劳动创造的诗与远方。

荣耀源自汗水的浇灌，成就来自不变的初心。谁能想到，在他奋进的征程上，竟留下那么多的创造足迹，收获了那么多耀眼的荣誉。

凭借精湛技艺与诗意表达，郑春辉几乎囊括了“百花奖”“山花奖”“百花杯”“争艳杯”“国粹杯”等工艺

《松风阁》（国家博物馆收藏）

美术界的重要奖项，近百件作品在国家级和省部级美展中获奖。其中，《桃花源》《江南春早》《归园田居》《松泉雅集》《春江花月夜》《诗韵江南》等30多件作品夺得国家级金奖。《家园》《春江渔乐图》《春风又绿江南岸》《山乡晨曲》等十多件作品，被国家博物馆、中国美术馆、中国工艺美术馆、人民大会堂等国家文博机构收藏。《山乡晨曲》被中国美术馆收藏时，馆长吴为山评说："郑大师的作品珍藏在中国美术馆艺术殿堂，体现了一个文化的制高点，是顶天立地的，作品将在不断的展示当中来体现它的价值，成为民族文化财富的一个方面，融入历史文化发展的深远目标。"而那载入吉尼斯世界纪录的《清明上河图》大型木雕，更是向世界彰显了中国传统技艺的艺术魅力与文化自信。

提及这些成就，并非为了炫耀，而是见证一个匠人实实在在的付出与收获。我让他伸出双手，想看看这双创作出《清明上河图》与《千里江山图》的手，跟常人有何不同。瞧啊，三十多年的苦功，让这双手粗糙而有力，青筋暴起，犹如亚热带雨林中大树的板根，深深扎根在生养他的华夏乡土。

优秀的木雕作品往往是合力的结晶，凝聚着树木的生长之力与艺术家的求索之力。他自己也说不清，在创作中，究竟是谁拉扯着谁往前走。看似漫长而枯燥的雕琢镂刻，实则是让沉睡于木材中的事物逐渐苏醒的过程；真实与幻象交织，并行不悖。正是这双创造之手的雕琢镂刻，为坚硬的木材注入了灵魂。

再看他的眼睛，炯炯有神。你可曾见过常年驰骋在草原上的骑手？他们凝视远方地平线的眼睛，像鹰一样锐利，郑春辉的眼睛也是如此。如果说脸是身体的旗帜，那么眼睛便是心灵的窗户，那明亮的眼神中，透露出远见卓识与智慧的光芒，这种独特气质，彰显出人物的持久耐力

参评“国大师”三个半小时现场创作的《白云深处有人家》半成品

与创造力，折射出一派心灵深处的广阔风景。

“只有在寂寞和孤独中，才能抓住蹁跹的灵感，倾注创作的心流。”这是郑春辉的心得，也是他对艺术执着追求的写照。精诚所至，金石为开。正是爱岗敬业的工匠精神，精益求精的钻研精神，继往开来的创新精神，激励着他创作出一件又一件惊艳时代的佳作。

他创作的《入夜醉归横短笛，满江明月浸芦花》，作品之名取自宋朝吴锡畴《渔父》中的诗句，刻画了渔父在一天劳作后，带着微醺酒意，悠然吹着短笛归来的画面。那时，月光倾洒江面、芦花随风摇曳，意境宁静幽美。郑

春辉精准地捕捉到这般诗意画境，并用木雕形式鲜活地展现出来。难怪中国美术家协会理论委员会副主任、人民大学教授陈传席看到后，深受触动，感慨道：“我一生都在搞文艺批评，对你的作品，唯有赞扬！”

后来，陈教授又从北京来信写道：“余观郑春辉木雕作，真神乎其技哉，其《清明上河图》，超古迈今，必当载入史册。”

人生就是这么奇妙，你读过的每一页书，走过的每一条路，见过的每一块木头，都可能是有用的。2023年初秋，郑春辉在杂木堆中挑出一块烂木头，色泽透着历经沧桑的暗紫，大半白边也已腐朽，表面坑洼不平、凹凸相间，形状恰似一条死去的蚕。这能成为木雕材料吗？且慢下定论，看他如何施展孙悟空的“七十二变”吧！

原来，郑春辉捡起这块烂木头时，便隐约觉得它是块可造之才，遂带回工作室，横看竖瞧，反复端详，先用思维在脑海中给它来了几番雕琢。呀，那充满沧桑感的暗紫，不就是夜幕嘛；那些朽烂残留的白皮，当作积雪恰到好处，宛如覆盖在坡野山石和老树上的银装；中间弯曲的凹陷条纹呢，可以解读为山间幽径呀，沿着这条幽径，便能布置廊桥、树木、栈道等景致；至于那“风雪夜归人”，显然隐匿于风雪之中了，就是要留给观赏者无尽的遐想空间。

凭借着敏锐的慧眼、灵动的思维与灵巧的双手，没过几天，一件名为《路在寒云外，人归暮雪时》的精品便如魔法般诞生！果真是“化腐朽为神奇”。它就静静地陈列在“春晖木雕艺术馆”二楼的橱窗里。

我在这件作品前伫立良久，顿感一股寒风冷意扑面而来，不禁回想起半个世纪前在闽西连城上山下乡时，腊月里进山砍柴夜归的情景与心境。那时暮色苍茫，寒风裹挟着如迷雾般飘零的雪花，天地间一片苍凉凄迷，只想加快脚步赶紧回家吧。那时，前方山中茅庐草屋中的那盆炉火，该是多么温馨啊！

郑春辉获评“中国工艺美术大师”（简称“国大师”），这个称号的分量也沉甸甸的。这是由国务院负责传统工艺美术保护工作的部门授予的国家级称号，是工艺美术工作者梦寐以求的至高荣誉，评选条件极其严格，要求长期从事传统工艺美术制作，成就斐然，技艺高超，自成流派，在业界取得重大成就，并且在国内外享有盛誉。评选流程涵盖省、市级选拔和全国终极评选。

要求如此之高，难度可想而知。

为考察参评者的真才实学，“国大师”筛选初期，就专门设置了一道考核“作业”。参评者需要在一块不规则的木头上现场创作。郑春辉开启了一场与时间赛跑、与灵感相拥的艺术冲刺，在规定的三个半小时内，便完成了作品《白云深处有人家》的打坯和部分修光。

瞧，在这件半成品中，他巧妙借助材料天然的形状与“肌理”褶皱，进行恰到好处的雕琢。将对自然万物的诗意感悟，自然地融入这块原材之中。他沿着微斜的木质顺势而切，寥寥数刀，便刻画出飘逸的白云。在左右两个凹陷处，他精心雕琢出了古松、溪瀑，梁桥，还有两头老牛，仿佛驮着岁月的故事缓缓过桥。几座山房，门窗、栏杆、杂树以及房舍旁的石阶小路，都历历在目，那便是悠远的山居岁月了。在这局促的意象空间里，郑春辉完成了对作品的诗意呈现，将那桃源般的山中人家，妥帖地安置在白云深处，也安放到观赏者的心田中。

面对这样急就的木雕“速写”，评委们怎能不点头称赞呢！而多数参评者，在这场考核中铩羽而归。

由此可见，大国之匠，国之大师，绝非仅靠娴熟技艺，而是以慧眼洞察材质的灵魂，以灵心捕捉天地的神韵，以灵思编织奇幻构想，再以意念驱策刻刀，在木料的

《白云深处有人家》局部（一）

《白云深处有人家》局部（二）

微观世界里纵横驰骋。正是诸多元素的完美交融，才汇聚成超凡脱俗的创造性与创新力。正如人力资源和社会保障部原副部长杨志明所言，郑春辉作品的特点是：方寸之间有桃源，方寸之间有沧桑，方寸之间有时光，他的作品，体现了从大师到巨匠的成长轨迹。

郑春辉能够从“国大师”晋升为“大国工匠”，众多荣誉的加持功不可没。十几年来，他凭借杰出贡献，陆

郑春辉在“大国工匠年度人物”颁奖礼上

续收获了诸多荣誉称号，成为行业领军人物、木雕艺术大师、劳动模范、文化名家、壶兰英才、技术能手等。当选“大国工匠”后，又荣获“全国中青年德艺双馨文艺工作者”称号，还被评为“全国非物质文化遗产保护工作先进个人”。他不仅是正高级工艺美术师，还是国家级“非遗项目莆田木雕代表性传承人”，享受“国务院政府特殊津贴专家”。此外，他还身兼福建省文联副主席、莆田市总工会副主席等诸多社团职务。

这一大堆荣誉与头衔，要是落在常人头上，恐怕早已得意忘形，尾巴都要翘到天上去了。可郑春辉却无奈地苦笑叹息：“唉，开会、出差、视察、参观，各种事务太多了，我只想安心做木雕，创作出好作品，将徒弟们带好，把技艺传承下去。”

“大国工匠”之“大”，在于大眼界、大胸怀、大气概、大作为。郑春辉从一名普通匠人起步，以历史上的盛世气象为底蕴，完成了对新时代的借喻与抒情，更凭借精妙绝伦的刀工和画工，重申了中国民间雕刻的不朽地位。他不断地复制经典，致敬经典，也不断地成就新的经典。

而他自己呢，是不是也成了一个“经典”？

第十二章 载誉前行，逐梦千里大运河

荣誉是压力，更是一种强劲的鞭策，沉浸在“大国工匠”的光环中裹足不前，绝非郑春辉的性格。每当夜深人静，他总会对着窗外的浩瀚星空陷入沉思，如何在创作之路上不断突破，奔向艺术的诗与远方，这才是他心心念念的重要命题。

当我们以飞鸟的姿态俯瞰祖国大地，会惊奇地发现一个苍劲有力的“人”字。“人”字的一撇是雄伟巍峨的长城，而一捺便是奔腾不息的大运河。这两大举世闻名的杰作，都是华夏大地古代人民智慧与汗水的结晶，是人类创造力的不朽丰碑。

大运河，作为世界上规模最大、线路最长、历史最悠久的运河之一，与万里长城、金字塔、佛加雅大佛塔一起，跻身世界最宏伟的四大工程之列。它宛如一部史书，已在岁月长河中流淌了2500多个春秋。曾经，它是历代漕运的黄金要道，如同坚韧的纽带，紧密地连接起南北方的经济与文化，有力地促进了区域间的交流与融合，为国家的繁荣发展立下了汗马功劳。它仿若灵动的脉络，巧妙地串联起海河、黄河、淮河、长江和钱塘江五大水系，成为中国历史进程中南粮北运的生命通道、商旅往来的交通枢纽、军资调配的战略要线以及水利灌溉的希望源泉，滋养着华夏大地的文明之花。

2014年6月22日，在多哈第38届世界遗产大会上，“中国大运河”跨省系列申遗项目荣耀上榜，成功列入世界文化遗产名录。其系列遗产涵盖了27段河道遗产以及58处相关遗产，其中既有精妙绝伦的水工遗存、完备齐全的配套和管理设施，也有与大运河文化内涵紧密相连的古建筑、韵味悠长的历史文化街区等。这些珍贵遗产，如繁星般散布于北京、天津两个直辖市以及6个省、25个地级市的运河两岸，见证着岁月的沧桑变迁与文明的传承发展。

遥想当年，郑春辉完成《千里江山图》的木雕创作不久，京杭大运河的流水便悄然淌入他的梦乡。然而，要将这条承载着厚重历史、绵延1740多公里的大运河的整体风貌，以木雕艺术形式生动地呈现出来，工作量极为浩大，条件的复杂超乎想象，他怎敢贸然行事。

时代的浪潮滚滚向前，新时代党和国家高瞻远瞩出台的一系列政策与举措，如同一道道明亮的曙光，不断照亮他心中的“运河梦”。

2016年11月，习近平总书记在全国第十次文代会、第九次作代会开幕式上，铿锵有力地指出：“文运同国运相牵，文脉同国脉相连。实现中华民族伟大复兴，是一场震古烁今的伟大事业，需要坚韧不拔的伟大精神，也需要振奋人心的伟大作品。”这掷地有声的话语，深深触动了郑春辉。2019年12月，《长城、大运河、长征国家文化公园建设方案》重磅印发，大运河与长城、长征并列，成为“十四五”时期重点建设的国家文化公园，这一决策为他的“运河梦”注入了强大的动力。

党和国家的决策犹如强劲东风，有力地推动着郑春辉

郑春辉在巨大原木上描画

郑春辉在修改细化大型木雕《京杭大运河》

将心中的“运河梦”转化为创作现实。2021 年 12 月，他与莆田市委宣传部副部长、市文联主席王金煌一同参加中国文联第十一次全国代表大会，习近平总书记在会上“要重视发展民族化的艺术内容和形式，继承发扬民族民间文学艺术传统，拓展风格流派、形式样式，在世界文学艺术领域鲜明确立中国气派、中国风范”的讲话恰似澎湃春潮，在他们心中激荡起层层波澜。经过一番深入商讨，郑春辉下定决心，递交了“巨型长卷木雕《京杭大运河》创

正在创作的 120 米大型木雕长卷《京杭大运河》

作构思方案”。

静水深流，表面看似云淡风轻，实则暗流涌动；岁月如歌，深情牵系千山万水，搏击经典华章。在郑春辉心目中，创造是世间最美好的词汇；奋进是人生最正确的选择。“一些宏大的场面需要更大的容量来承载，这时就需要大型木雕，大型木雕不仅能体现中国山水画的精神，更能通过立体的表现手法体现出雕刻技法之美。”这便是他内心深处最真挚的情感表达。

其实，筹备工作早已悄然展开。与《清明上河图》和《千里江山图》复刻古画截然不同，《京杭大运河》的创作缺乏现成的历史参照物可供依傍，草图的绘制只能从零开始，难度之大，可想而知。郑春辉通过仔细查看卫星图、深入查阅典籍、认真观看纪录片等多种方式，全方位地收集资料。然而，随着谋思的深入，他深感困在工作室中，无法真切地绘制出大运河的真实风貌，只有踏上充满历史底蕴的沿途，亲身感受大运河的脉搏跳动，才能让运河在脑海中鲜活地澎湃起来。于是，他决定用自己“双脚”去绘制草图。

2020 年初，为设计鸿篇巨制的《京杭大运河》图稿，他不顾疫情，毅然开启了千里采风之旅，走近大运河那令人心旌摇曳的风景、传奇、烟火、史诗和生命空间。他风尘仆仆飞往北京，从通惠河玉河遗址出发，沿着大运河的历史脉络，从北国的浑朴苍原一路南下，过渡到江南的青绿山水，一路寻访古老遗存以及那些消失在岁月长河中的古渡口、古建筑、古镇与古城，用心聆听运河那悠悠的故事，与被时光漂白的历史对话。

他沉浸于大名府故城遗址、戴村坝南旺水利枢纽、济宁太白楼、南阳古镇、扬州茱萸湾、瓜洲古渡遗址、河道总督署遗址、镇江西津渡、苏州盛泽段、湖州南浔古镇、嘉兴运河三塔，直至杭州钱塘江。他一边写生、考察、摄影、走访，一边收集地方文献、笔记档案、乡谚野传，询问文史专家、乡间耆老，进行比对考证。他全身心地沉浸在每个兴奋点中，以全景雕塑的角度观察大运河的古今变迁，用心灵去体悟这条河的景观风物。

运河水声喋喋，如诉如歌。正如大运河的流淌充满诗

央视报道《京杭大运河》开工，中间为艺术总顾问、故宫博物院原院长单霁翔

意一样，郑春辉的行走也是快乐的。他领略了燕赵大地的慷慨豪迈、齐鲁苍原的古朴厚重、维扬风华的旖旎秀丽与姑苏烟水的温婉柔情，也收获了运河畔的许多历史故事，精心收集了大运河中驶过的漕船、货船、客船、湖船、兵船、渔船、粮船等上百种图片，还详细记录了各类宫、庙、殿、楼、阁、屋、亭、塔、坊的建造结构与精妙之处。在漫长的考察写生途中，“运河转漕达都京，策马春风堤上行”的历史画卷，在他面前徐徐铺展。

郑春辉设计描画的《京杭大运河》北方卷图稿

如同许多南方人一样，郑春辉原本以为河流都是从高处往低处流淌，然而在北方鲁运河的会通河上，那38座船闸却让漕船实现了“翻山越岭”的奇迹。伫立在沧州铁狮子“镇海吼”前，他仿佛看到明代漕运的船队浩浩荡荡，与自己迎面相向而行，那历史的喧嚣仿佛就在耳畔回响。在苏州平江之夜，他扑进那充满烟火气息的历史文化街区，沉浸于万家灯火的市井风情之中。在南浔古镇，他深切体会到农耕文明“家家门外桑阴绕”的富庶与宁静，那是一幅人与自然和谐共生的画卷。而在北运河畔的古纤道上，他看到赤脚纤夫印在古老石板路上的脚窝，仿佛听到他们回荡千年的拉纤号子“嗨哟哟—嗨哟哟—”……

千里实地勘访考察，郑春辉用脚步和眼睛在心中反复勾勒描绘草图。他感慨道：“雕刻明清之前的京杭大运河，就像是穿越时空的回望。由于时间久远，大运河沿线的布局、水利建筑以及古老市井历经沧桑巨变，最难的挑战在于如何还原原址的风貌，重现往昔的辉煌盛景。”为了艺术地还原运河波澜壮阔的历史，《京杭大运河》全景原创草图前后历经六次修改，每次修改都有长长的八张画卷，拼接起来长达百米。草图将沿途主要节点按地域特色划分，细化技法、节奏、疏密，力求全面展示运河沿线山川景物、古老风情、市集烟火、乡村阡陌与传奇故事。如今，第六稿的北方卷，就展示在创作工场里。

他还提前预热，耗费近两年时间，在一棵6米长的香柏木上创作试验版的《京杭大运河·北方卷》，细腻地刻画了从北京通州经武清、天津、沧州、衡水、德州、临清到聊城的运河景象，为百米大型木雕《京杭大运河》探索布局、结构、节奏、层次、透视等复杂的技术问题。

这位“大国工匠”的方案及前期工作，赢得了各级党

《京杭大运河》嘉兴段草图

政和文化部门的高度认可与肯定，也吸引了各方关注的目光。据说，运河沿岸某城市，为了打造国家级大运河文化公园，曾以优厚的条件，诚挚邀请郑春辉率团队前往当地创作，不仅许下巨额资金，还提供一系列优惠配套待遇，如整个创作团队的住房甚至子女就学等。郑春辉心中却另有定夺，经过深思熟虑，最终敲定在莆田实施创作计划。

故乡是他身体和灵魂的根系，有着滋养他才艺成长的灵性土壤，只有在故乡的土地上，他的创作激情才能更加

《京杭大运河》沧州段草图

澎湃。他还允诺，要为家乡创作《百里兰溪图》，以木兰溪生态治理的当代方式体现家乡的发展变迁。

当然，好事多磨，许多事业在推进过程中，难免会遇到各种各样的波折与阻碍，这也是事物发展的常态。这个项目涉及诸多部门的协调与合作，面对那些错综复杂的情况，少数部门表现出了畏难情绪。同时，一些业内人员出于不同心理，也有一些不当的议论。这些都给项目带来了干扰和波折。

2022年农历腊月廿七，迎着北京的阵阵寒风，郑春辉来到国家文物局下辖的中国文化遗产研究院，汇报木雕长卷《京杭大运河》的创作思路。李六三院长亲自主持研讨。一位专家在惊讶之余，脱口而出的第一句话便是：“你的胆子可真大，竟然敢动这个题材！”这也说明，大运河的题材非常庞杂，里头隐藏着海量的文物资料、河道走向在历史中不断变迁……

更关键的是，作为创作者，究竟如何理解大运河？它在历史长河中担负着怎样的角色？又蕴含哪些价值和意义？还有，创作者是否了解大运河边老百姓对这条母亲河的深厚情感？其自身的情感如何融入作品？以及到底要怎样去展现画面，才能为观赏者提供丰富而立体的创作空问？这一道道难题，都等待着郑春辉去逐一攻克。

更复杂的还在技术层面。绘画与木雕表现形式不同，各有独特的表现手法。绘画主要依靠线条的粗细变化、转折以及笔墨的浓淡来传达情感与营造意境，而木雕则重在以刀代笔，凭借层次感与立体感来彰显艺术魅力。作品构图中、里边的层次要怎么体现，雕工要怎么做才能到位，没有一定的经验和功力，驾驭不了如此庞大的百米长卷，也体现不出作品应有的辽阔和大气，更难以令省内外的业界高手心悦诚服。

那么，究竟选用何种原木才能将图稿的神韵完美展现呢？郑春辉经过多方考量，力荐香樟木，香樟木质地细密，纹理精致，花纹美观，即使雕刻几毫米的精细图案，也不易断裂，其香味还能有效地抵御虫蚁侵害，随着时间的缓缓沉淀，色泽会越发油亮润泽。

然而，这又牵涉到原材料的来源问题。创作 100 多米和 50 多米长的两件大型巨雕，光是 12 米以上的大棵香樟木就需要 12 棵。香樟木早在 1999 年就被列为国家二级重点保护植物，非法采伐、毁坏香樟树均属违法行为，更不用说那些历经数百年乃至上千年风雨洗礼的古树了。

这倒难不倒用心良苦的郑春辉，机会总是眷顾有准备之人，有志者事竟成。自心中萌发创作《京杭大运河》的构想起，他便开始收集全国各地自然枯死的巨型香樟树信息，而且每棵都要符合主干顺直、空洞少、直径大等条件。凭借多年的经验，他判断沿海地区气候湿润，老樟木质相对疏松，而内陆地区的老樟木质更为坚实，更适合木雕创作。在数年时间里，他选定了江西、广西等地一批树龄在500年以上的枯死古樟，其中部分树龄甚至超过了千年，为创作巨型木雕储备了珍贵的原材料信息。

丈夫要买价格不菲的大树，这可把郑春辉的老伴儿黄美霞给吓坏了，忍不住数落他道：“家里经济条件这么困难，你还要买树，你还要不要这个家啊，我坚决反对！”郑春辉只好瞒着老伴儿，向别人借了钱，悄悄去购买所需木材。有趣的是，后来项目敲定下来，老伴儿又担心得吃不好睡不着了，唉声叹气道：“要用那么多大树，这可要到哪儿去买啊？”郑春辉笑道：“当大树买够了，她也思想转过弯来不反对了，甚至还鼓励说，木头漂亮的话，你要买那就买吧！”

艰难之时见真情。郑春辉难忘：“在我最困难的时候，一位搞房地产的朋友向我伸出了援手，他说你郑大师是好人，目前遇到困难没关系，不方便的话我这边先垫资。后来他开发的楼盘落成了，他又表示，你资金困难的话，就帮我雕几个作品来抵垫款吧。”这份困境中得来的支持，让他倍感温暖与鼓舞，也更加坚定了完成作品的决心。

在砍伐和运输这些古樟树之前，郑春辉都严谨地为它们办理了详尽的“身份证”，上面涵盖采集地点与理由，木材长度与体积，树主名字、基层政府以及林业部门意见，检疫证书，承运人姓名等信息，将其郑重地贴在工场里创作原木旁的柱子上。我看到，其中一张樟木“身份证”上明确标注，树主为江西省安福县严田镇坛洲村五小组，采集理由是“干旱枯死”，胸径达 200 厘米，蓄积量为 47.781 立方米。

这些古樟树的运输也是费尽周折，有些地方交通不便，只好把巨型枯木想方设法推入河中，再从对岸一点点地拉上岸来，然后装车。一棵长达 19 米的香樟木即将启运时，村里一位壮年男子满怀不舍，绕着枯树久久徘徊，他红着眼眶对郑春辉倾诉：“小时候，我就在这棵大树下玩耍，它就像我的老祖爷一样，默默守护着我长大，这是几十年的感情啊，如今它要被运走了，唉，我心里真不是滋味，实在舍不得！”

“我完全理解你的心情，我向你郑重承诺，我不但会让它重获新生，焕发出新的生机，还会让它流传千年！等在它身上雕好《京杭大运河》，我一定邀请你到莆田去看看，看它变得多么美丽，多么动人！”郑春辉轻抚他的肩膀安慰道。显然，经过木雕高手精心雕刻，木头注入了文化灵魂，承载着时代风骨，其艺术生命必将长久延续。为顺利运回这棵千年古樟，郑春辉不惜代价，甚至拆除了途中拐角处妨碍运输的房子，并给予相应补偿。

《京杭大运河》，倾注着郑春辉滚烫的热血。5 年精心筹备，8 张总长百米的画卷，反复 6 次修改完善。正是凭借着坚如磐石的信念，克服了千难万阻，他才将大运河的古老精魂引“流”入创作现场。这 8 棵巨型香樟木中，2 棵雕刻从杭州到镇江的南方卷，3 棵雕刻从扬州到济宁的中卷、3 棵雕刻从聊城到北京的北方卷。大运河沿岸，数十个独具风姿的节点城市及其标志性建筑，都将被巧妙融入作品；那如诗如画的山水景观、热闹非凡的富庶商埠、长河上穿梭往来的数百艘船只，都将在木雕世界里艺术呈现，激发人们的集体回望。

这件木雕长卷，长度是列入吉尼斯世界纪录的《清明上河图》的十倍，郑春辉说：“规模之大、内容之多，都是全新的挑战，但当我看到满眼风光北固楼、明月瓜洲古渡头、无锡古建筑群的古典之美时，更加坚定了我创作的决心，祖国山河美如画，神州处处是宝藏。”话语间，他缓缓展开那一笔笔精心描绘的大运河草图，也徐徐打开了一个“大国工匠”对祖国山河的炽热挚爱。

巨型木雕《京杭大运河》的创作，无疑是工艺界的一项宏大工程，也是引人瞩目的艺术创新之举，自然得到国家有关部门的高度重视。开工前的 2023 年 3 月上旬，国家文物局专门组织大运河文化权威专家，奔赴莆田调研创作前期工作情况，并参观“春晖木雕艺术馆”与创作工场。

专家团对郑春辉的精湛技艺予以高度评价，都用“深感震撼”来形容对《京杭大运河》宏伟构思的感受。当时，郑春辉已把设计草图的拓图移上原木，并作了一系列说明。其中，58 个遗产点一个都不漏。专家团围绕大运河的文化内涵、重要节点、沿线地标等关键要素，提出了专业的指导意见和建议，齐心助力打造这件旷世精品巨作。

中国文化遗产研究院副院长、研究馆员李向东提出，虽然作品还没成型，但也能够感受到它的宏伟气势和丰富文化内涵，建议尽可能完善大运河非遗文化中的重要节点、遗产要素，体现大运河的完整性。

国家文物局政策法规司一级巡视员陆琼认为，郑春辉团队付出的巨大努力和心血令人动容，这件旷世巨作要综合艺术创作与历史真实的平衡，建议尽可能地呈现大运河历史、经济、文化、技术等多元价值，凸显大运河的文化符号。

扬州市文联主席姜师立对郑春辉严谨扎实的前期工作表示感谢，建议作品进一步深入反映大运河的价值、意义以及所承载的厚重精神，增强所在地民众的认同感与归属感，让大运河文化真正深入人心。

中国艺术研究院建筑与公共艺术研究所所长、教授田林表示，将非物质文化遗产和物质文化遗产有机结合，这种形式是一种创新，建议尽可能多地刻画运河沿线重要节点、元素，丰富地呈现文化交流碰撞等精彩场景，加大对沿线自然风貌、郊野景象的表达。

中国文化遗产研究院研究馆员于冰认为，利用工艺美术的形式来展现大运河文化，是对大运河价值传播的大胆创新，建议注重南北方水系分布、河道大小、船只多寡、自然风景等特色差异的刻画，增添更多细节以体现其独特性，使作品更具真实感与感染力。

国家文物局文物古迹司世界遗产处程枭翀建议，借鉴申报世遗材料对大运河的价值阐述，进一步丰富作品的文化内涵，使其成为大运河文化传承的经典之作，为后世留下宝贵的文化遗产。

《光明日报》高级记者、《文化记忆》周刊主编李韵鼓励郑春辉，这是第一次由一个人创作一部传世经典巨作，第一次一个民间手艺人的创作引起了政府的关注，第一次由文物专家们跨界参谋介入艺术创作。我们的最终指向，就是这一部即将诞生的、大家都满怀期待的大型木雕作品。

经过与专家的专业交流探讨，郑春辉在设计图上优化、细化了一些节点，增添了北京紫禁城、颐和园、长城等专点，使作品更加丰富和完善。

这个项目背后，凝聚着各级党政和文旅部门的有力托举。自开工以来，国家文化与旅游部门、中国文联、中国民间文协、福建省委省政府领导多次亲临观摩、调研指导，提出诸多建设性意见，有力地推动了创作进度与质量提升。莆田市则担当起坚实的后盾，多方为项目顺利推进保驾护航，为郑春辉的创作提供了良好的环境和条件。

“我要趁自己还有心力，抓紧时间创作能被时代记住和流传下去的作品”，郑春辉道出了他的肺腑之言。显然，这是他与大运河的双向奔赴，更是一场跨越时空的对话，一头连着历史的纵深，一头通向时代的辽阔。

他的艺术抱负和深沉心愿，打动了故宫博物院前院长、中国文物学会专委会主任单霁翔先生。在郑春辉诚挚邀请下，老院长欣然接受《京杭大运河》“总顾问”聘书，并语重心长地勉励这位“大国工匠”：“春辉啊，来日方长，你把‘京杭大运河’做好了，肯定传承千年。一千年后，让后人来继续接力。”

一千年后，这件木雕长卷巨作会不会也成为“世遗”？这就要让人们在想象中去拭目以待，让未来的后辈们去见证时间给出的答案了。

第十二章 艺术的摆渡，旷世巨作探秘

2023年3月27日，飘洒的春雨，将莆田美术馆广场旁的绿化带洗得葱郁而鲜亮。广场上，“弘扬非遗文化”的大红标牌醒目矗立，十几棵硕大的古樟木横列于地，在众多摄影镜头与摄像机的聚焦下，手持电锯的郑春辉，冒雨划进大型木雕《京杭大运河》的第一锯。这一锯，仿佛划破了时空的帷幕，开启了一场宏大艺术盛宴的序章。

这件巨雕作品，依循中国山水画长卷的布局，融合工艺雕刻所需的层次感来构图，运用镂空雕、透雕、莆田精微透雕的技法进行创作。它将以宏大的视角、细腻的刻画以及立体的形式，将京杭大运河往昔繁华的漕运盛景，以及大运河流经的北京、天津、杭州、镇江、扬州、临清、苏州、嘉兴、淮安、徐州、聊城、济宁等沿岸城市的人文景观及其深厚的文化底蕴，生动地展现在世人眼前，向世界彰显中华历史雄浑之美、山河壮丽之美、文化博大之美。

与此同时，大型木雕《百里兰溪图》也同步开工。这件作品采用百米立体长卷的形式，将鲜活地展现木兰溪全流域治理后现代化城市的蓬勃发展新貌，以及木兰溪沿岸的秀丽风光，融入流域沿岸的仙游文庙、东门石坊、龙华双塔、天马山、大蜚山以及九鲤飞瀑、木兰春涨、壶山致雨、南山松柏、石室藏烟、梅寺晨钟、绶溪钓艇、东山晓旭、白塘秋月、宁海初日、天马晴岚、东甲晨光等人文景观，彰显中国历史文化名城莆田的厚重底蕴，推动工艺美术和文化旅游产业的融合发展。

开工的消息如同春雷经天，激起了悠长的回响，新华社、央视新闻、《光明日报》、中新网、欧洲时报等海内外众多媒体竞相报道，瞬间引发亿万受众瞩目。2023 年 4 月 22 日晚，郑春辉现身央视《非遗里的中国（福建篇）》节目。在节目主持人龙洋、中国文物学会会长单霁翔、影视演员袁弘以及全国观众的见证下，他心潮澎湃，以手中雕刀，将《京杭大运河》的精魂注进那巨大的古木之中。

艺术，是心灵与物质的深度对话，是灵感与技艺的奇妙联姻，是激情与匠心的不朽交响。在《京杭大运河》创作现场，雕、凿、刻、削、劈、磨等“十八般武艺”齐上阵；电锯的轰鸣声、凿刀的挺进声、针刀的飞旋声相互交织，木屑犹如雪花般纷纷扬扬。空气中弥漫着浓烈的樟木香，仿佛是历经岁月沉淀后木材生命的尽情释放。在这一片喧嚣与芬芳之中，木雕艺术正在悄然孕育、生长。

身着深蓝工作服的郑春辉放下手中的刻刀，对整件作品作一条龙式介绍。且让我们静下心来，一同聆听他那浩荡江河般的创作思绪吧：

一条大运河，半部中国史。京杭大运河通达千里，贯穿古今，运化万物，融会天地，铸造民魂，它与万里长城并肩屹立于中华大地，共同书写着顶天立地的“人”字，成为中华民族精神的象征。大运河文化与中国文学相互滋养，绵延着数千年的中国文脉，奠定了中华民族文化史诗的基调和生生不息的精神基石，是我们国家和民族的自信之源，是那深沉持久的内在力量。

郑春辉培养的匠师在精雕细刻

郑春辉首先来了一段精练的概括性描述，勾勒出大运河的宏伟轮廓。

“我们先来看《京杭大运河》的江南卷，作品上方呈现的是杭州最具有代表性的西湖美景，西湖宛如一颗明珠，镶嵌在人间天堂。还有位于钱塘江畔月轮山上的六和塔，六和塔建于北宋年间，传说是为了镇压钱塘江的潮水而建，同时也是往来船只的航标塔。”

郑春辉的声音如同潺潺流水，引领我走进那幅正在诞生的雕卷。

“往前走，展现在眼前的是嘉兴。嘉兴地处交通要冲，有着‘南通八闽，北通三吴，旁及江右’的重要地位。大运河在嘉兴弯弯曲曲延伸百余里，穿桥过渡，四通八达。嘉兴运河的标志是建于唐朝的三塔。据《至元嘉禾志》记载，此处原有白龙潭，水深流急，行船经常出事故，传说有白龙兴风作浪。唐代一位高僧云游到此，填潭建塔，以镇白龙。实际上，三塔也起到了航标的作用，船工远远望见三塔，便会谨慎行船，平安渡过。三塔因此成为大运河嘉兴段重要的标志性建筑。”

“距离三塔不远处，便是江南名湖嘉兴南湖。明嘉靖二十七年（公元 1548 年）嘉兴知府赵瀛组织疏浚护城河，将淤泥垒土成湖心岛，次年移建烟雨楼在岛上。清以后又相继建成清晖堂、孤云簃、小蓬莱等建筑，形成了以烟雨楼为主体的古代园林建筑群。嘉兴南湖是中国共产党一大召开的旧址，是重要的革命纪念地。嘉兴名人辈出，涌现出茅盾、金庸、徐志摩、陈省身、王国维等名家大师。”

“在这根木头的尾端，可以看到雕刻有许多船只，还有杨柳依依、小桥流水的典型江南风貌，这里就是乌镇。这里的雕刻极为精细，我们运用了莆田特有的精微细雕、多层镂空雕和透雕技法，展现江南水乡的温婉柔情。”

我走近木雕，观赏细节，不禁感叹，原来作品上那些精致的船只和景观，都是在整块木头整体上精心雕刻出来，并非拼凑黏合而成，这可太考验工匠的技艺和耐心了。

随着郑春辉的介绍继续前行，我由衷地信服他前期“功课”做得扎实而又细致，也长了不少见识。木雕上呈现的镇江，不仅是“甘露寺刘备招亲”“白娘子水漫金山”等传说的发源地，也是《文心雕龙》《昭明文选》《梦溪笔谈》等巨著的诞生地。辛弃疾登北固亭，写下脍炙人口的“千古江山，英雄无觅孙仲谋处”“何处望神州，满眼风光北固楼”。北固楼就在北固山上，六朝时，梁武帝萧衍登临北固山，曾挥笔题下“天下第一江山”。这些诗句与题词，犹如历史的回声，久久回荡。

“从镇江穿过长江，便是运河与长江黄金水道十字交汇点的扬州了。扬州拥有 2500 多年建城史，曾铸就两汉、隋唐、清康乾年间三次辉煌，留下了李白、杜牧、白居易、欧阳修、苏轼、郑板桥、朱自清等许多名人雅士的足迹。2014 年，扬州牵头申报的“中国大运河项目”成功入选世界文化遗产名录。北宋王安石应召赴京，泊船扬州南端的

郑春辉团队在作业中

瓜洲渡，留下了‘京口瓜洲一水间，钟山只隔数重山。春风又绿江南岸，明月何时照我还’的千古名诗。唐代鉴真东渡日本，有三次就是从瓜洲古渡出发。传说杜十娘怒沉百宝箱的故事也发生在这里。这里还是漕运与盐运要冲，无数客旅经此南来北往。”从郑春辉的介绍中，可知他对当地历史文化了如指掌。

郑春辉言明：“创作《京杭大运河》不是简单地做地

郑春辉在《京杭大运河》创作现场锯粗坯

图，不是镇江过来穿过长江到扬州，再到高邮，到淮安，逐一罗列每一座城市，而是要展开想象，把文字资料转化为生动画面。在转化过程中，脑海中要不断思考古代扬州到底是什么模样，怎样才能赋予画面独特的美感。古诗中的扬州是‘三分天下明月夜，二分无赖是扬州’，绘画可以用色调、色彩来表现‘烟花三月下扬州’‘春风十里扬州路’，展示桃花盛开、杨柳飘曳的美丽扬州。我在这里安排比较突出的是桃花林，江南段我也是这样安排，然后展开想象，哦，这就是我们心目中的扬州城，它必定是个很漂亮的花园城市。”

他又进一步阐述：“大运河畔的古代城市究竟是什么模样呢，我们没有亲眼见过，可以大胆地展开想象，不必局限于哪一个朝代。陈小奇写的歌曲《烟花三月下扬州》唱道‘牵住你的手，相别在黄鹤楼，波涛万里长江水送你下扬州’很美啊，他展开想象‘扬州城有没有我这样的好朋友，扬州城有没有人为你分担忧和愁，扬州城有没有我这样的知心人哪，扬州城有没有人和你风雨同舟’，这是陈小奇想象中的扬州，因为他没有去过。后来扬州市政府请他又写了一首《月下故人来》，两首歌一对比，会发现想象的更美妙，美就美在那份牵挂。‘扬州城有没有人为我分担忧和愁’，仅这一句，就比直白的‘月下故人来’要好得多，这就是艺术想象跟实际的区别，它能够超越现实的束缚，飞向更高的审美境界。”

扬州往北的高邮也出现在作品上，高邮拥有2241年建城史，是国家历史文化名城。秦王嬴政于公元前223年在此筑高台、置邮亭，故而得名。北宋著名词人秦观、当代作家汪曾祺等名人皆出生于此。高邮的盂城驿是我国现存最大的古代驿站，留存有驿舍、库房、廊房等，集邮驿、公馆、交通、漕运等，是京杭大运河上的一处重要驿站。

再往前，木雕上展现的便是苏北重镇淮安了，它地处古淮河、黄河、运河交汇的咽喉要冲，为“南船北马交汇之地”，所以历代朝廷将漕运管理中心设在此地，驻有漕运总督府等机构。淮安历史上与苏州、杭州、扬州并称运河沿线“四大都市”，具有“中国运河之都”的称谓，这里诞生过军事家韩信、巾帼英雄梁红玉、民族英雄关天培、《西游记》作者吴承恩等名人，也是周恩来总理的故乡。

运河继续北上，就到了运河交通要道泗阳，这里是古代闽商在外打拼的聚居地，有着独特的历史文化底蕴。郑春辉指着泗阳天后宫提示，这是大运河中段保存最完好的妈祖文化建筑群，是千里运河上的文化地标，也是闽台客商的精神家园，承载着游子对故乡的深深眷恋。我依稀感到，天后宫的香火，正是数百年“漕运”的朦胧背景；天后宫的钟声，一直在运河上飘荡，苍凉而悠远。

跟着木雕长卷继续前行，便来到了山东台儿庄，这里被世界旅游组织称为“活着的古运河”“京杭运河仅存的遗产村庄”。台儿庄的繁荣可以追溯到明万历三十二年（1604 年）泇河的开凿，此后全国漕粮三分之二便由此北上，这里一举成为中转南北货物的集散地，号称“水旱码

郑春辉在《京杭大运河》创作现场打细坯

头”，一时间“商贾迤逦，入夜，一河渔火，歌声十里，夜不罢市”，俗称“天下第一庄”。著名的台儿庄大捷是中华民族抗日战争中最大的胜利战役之一，铭刻着中华儿女的英勇与坚韧，让这片土地充满了英雄主义色彩和民族精神的光辉。

我看到，继续北上的大运河左岸，是济宁的南阳古

《京杭大运河》创作粗坯局部

镇，元至元十九年（1282 年）开济州河建南阳闸，次年这里的泗河开发为京杭大运河，南阳逐渐发展为商埠码头。明隆庆元年（1567 年）漕运新渠竣工，南阳更加繁荣。明宣德年间曾在此建河桥署、管河厅、闸官厅，清代曾设守备、管河主簿等官。乾隆皇帝“南巡”必经南阳，屡次驻跸，为南阳增添了皇家气派和历史的荣耀。南阳的中古运河已连续通航 600 多年，至今仍然承担着航运功能。

泰山，一直是华夏儿女心目中的圣山，历代帝王都以“泰山封禅”为毕生荣耀。在木雕大运河右岸。郑春辉依据木材形状，将巍峨的泰山艺术地展现出来。

他指着木雕上高耸入云的泰山说道：“艺术家要保留大胆的想象空间，尽情展开思维的翅膀，最终目的就是要形成富有审美空间的画面。如果这件作品交给另一个大师来做，我想他可能采用比较常规的方式，一条线一片片地去雕刻，但我们这条线是有节奏和韵律的，为什么要把很多东西推向远景呢？我追求的是一种大气磅礴的画面效果，具有中国山水画气韵的画面，然后在这当中铺排许多细节，用很多精细的元素来组成，所以就大量采用微雕技法，这也是我的风格。我要呈现给观众不一样的视觉体验。你看这整个画面都很大气，没有挤压感，很多地方需要拿放大镜来看清细节。这件作品的属性是木雕，我是用工匠的精神来呈现大运河的壮丽，说白了，就是要把自己的全部本事都拿出来，在这个载体中充分地来发挥，来建构，来呈现，让大家看到，哦，这就是莆田木雕，也是中国木雕，更是我们向世界呈现的文化自信。我就要让外国人看了这个作品，来了解我们中华民族的创造能力，见识当代中国的技法水平。”他的话语铿锵有力，掷地有声。

木雕上出现了泰山脚下的聊城与东平城，聊城是运河沿岸的交通枢纽，有“江北水城·运河古都”之称。它也是一座流淌在名著里的城市，古典名著《水浒传》《金瓶梅》《聊斋志异》《老残游记》中的许多故事情节，都在聊城展开。京杭大运河聊城段穿过阳谷县、东昌府区、临清市境，全长近 100 公里，其间的南旺镇是大运河最高点，也称“水脊”。

郑春辉介绍：“运河在这个地方是中间高两边低，经常出现断流断航，历史上有一段时间漕船就从淮安经淮河入海，走海路到天津上岸。明朝廷下决心要疏通这段运河，工部尚书宋礼在民间水利家白英的协助下，就在附近的大汶河上修建戴村坝，以‘引汶济运’的奇思妙想，引汶水经过南旺水利枢纽南北分流，实现水量分配的‘七分朝天子，三分下江南’，莆田的木兰陂跟它有点相似。所以，戴村坝被誉为‘中国第一坝’，南旺水利枢纽被称作‘运河之心’。为使大运河‘翻山越岭’跨过‘水脊’，他们还在南旺镇南北建了38座水闸，体现了古代劳动人民非常高的智慧。”

运河流入河北段，由于北方降水少，一改江南的郁郁葱葱，树木从杨柳依依变成了稀少的杨树、榆树、枣树等，木雕上主要展现运河沿岸的地貌。这里出现了沧州铁

《京杭大运河》创作工场

狮子。沧州毗邻渤海，地势低洼，200多公里的京杭大运河贯穿沧州，既赋予这座城市繁华，也带来严重水患。后周广顺三年（953年），发配到沧州的山东人李云上书周太祖，请求铸铁狮子以镇海啸水患，铸成的“镇海吼”体形硕大，重约40吨。这尊我国现存最大的古物单体铁件，保佑着燕赵大地风调雨顺，守护着京杭大运河的平安与畅通。

大运河流到北京通州张家湾，这里原为大运河的起点，木雕上出现了燃灯佛舍利塔和八里桥。郑春辉对这里的历史也烂熟于心。他介绍，历史中有很长一段时间，大运河的船只都是抵达张家湾靠岸卸货，再通过陆路拉进京城。后来船到通州，货物再由陆路进京。通州到北京城没有河道，元代郭守敬主持开凿了通惠河后，漕船在通州换小船进京，但通州跟北京海拔落差30米，郭守敬是一个了不起的水利专家，他设置了24个水闸来解决，让船只爬水坡航行到积水潭。因此积水潭，包括现今的什刹海、前海、后海一带，便延展为大运河的终点，往昔百船聚泊，千帆往返，热闹繁华。《京杭大运河》总顾问单霁翔先生来到创作现场交流后，认为北京既是国家首都，又是大运河主要受益方，建议同时创作。

于是，郑春辉匠心独运，将“紫禁城”“白塔”“积水潭”“颐和园”等节点在最后部分精心雕琢，加上高远处的八达岭长城，北京元素丰富多元而又布局紧凑，空间感十足，体现了高超的木雕技艺与艺术造诣，既见证了时代变迁，也升华了作品的内涵表达。

指着紫禁城的成片宫殿，郑春辉提起明朝杰出的建筑匠师蒯祥。他说：“作为紫禁城建筑的核心设计者与主持人，蒯祥凭借卓越的规划、设计和施工才能，在建筑史上赢得了‘蒯鲁班’的美誉。他设计的承天门（天安门），全木结构，未用一钉一铆，却屹立数百年不倒，成为我们民族、我们国家的骄傲。若不是以蒯祥为首的那批木匠、雕匠、泥匠、石匠，画匠、漆匠、竹匠的神圣劳作，若不是清代‘样式雷’家族的参与设计与建造，我们今天或许就无法目睹故宫、天坛、颐和园这些宏伟的建筑了。可见中华古老文明的参天大厦，离不开一代代工匠群体的默默奉献与添砖加瓦。”

他对着北京城墙侃侃而谈：“北京是首都，大运河就是以它为目的地，所以我就用一整棵木料来呈现。在这里，我把北京的城楼和城墙设计得较为大气，用来彰显东方大国的雄浑气势，让人们在欣赏这件木雕作品时，体会到中华民族的自信与自豪。”

郑春辉对作品的诠释是鲜活的、光亮的、深刻的。他的讲解，恍若大运河的流水声从千古传来，连绵不绝。观赏这件在创的巨型木雕长卷，仿佛有行走南北的现场感，也有一种穿梭时光隧道的历史意识。其中，蕴含着创作者对大运河政治经济和历史文化的深刻认知，也是创作者在艺术层面反复运思的结果。

即便作品进入了工场创作阶段，他仍不敢懈怠，还在对沿途历史风貌、重要城市、文化地标、水利节点、非遗元素进行细节优化。大运河畔江南城市的优雅与北国城市的阳刚，南方树木的柔媚与北方树木的坚劲，头顶吉庆的祥云与远山飘逸的流云，穿行于运河历史中形态各异的船只，都要巧妙布局，细腻呈现，使这件木雕长卷更具感染力。

要把 1740 多公里古老大运河的千年繁华，总体浓缩为 100 多米的草图长卷，并且没有任何古代艺术品可供参照，这全然就是艺术的创新创意之举。而依据原木形状特点，将草图搬上巨型原木，通过随形拓图用以立体雕琢，又是一次全新的创作挑战。这件木雕长卷将见证，郑春辉正以艺术的雕刀进行着一场盛大的仪式，让千年漕运的呼吸、九曲江河的脉搏、繁华城池的人气，尽数在香樟木沉睡的肌理之间苏醒，蜕变为流动的史诗。

接受采访时，郑春辉说了这样一番意味深长的话："中国木雕艺术大师闵国霖是我敬重的前辈，他在生命最后的日子里对我说，他这辈子很幸福，因为选择了热爱的木雕事业伴随他的一生。我是因为从小喜欢绘画而走上木雕这条艺术道路，今天，我为当初的选择感到庆幸，也为能从事木雕事业而感到幸福。我想正是因为热爱，才会让我始终满怀热情地进行木雕创作，不断探索创新，不断超越自我。"

从美丽的家乡河木兰溪奔赴古典的清明上河图，又从雄奇的千里江山图驶向壮阔的京杭大运河，见证了一个"大国工匠"茁壮成长与持续奋进的轨迹，也见证了郑春辉艺术创作思想的奔流。他原本只有初中文化，却凭借不懈努力与卓越天赋，逐步蜕变成为出色匠师、劳动模范、文化名人、工艺大师与大国工匠，并把更高远的追求融入大运河。

正是郑春辉，凭借木雕长卷《京杭大运河》的创作，为那些巨大枯木注入了全新的生命与灵魂。如今，他的团队正处于紧张有序的创作进行时，这无疑是这位"大国工匠”的新攀登、新奉献。从那些渐次清晰呈现的局部场景来看，从整件作品连贯的气韵与雄浑壮阔的格局去感知，已能预见它的惊世之美。

《京杭大运河》的萌生乃至成型，非胸怀千山万水而不可为，它必将美向中国，美向世界，美向千年，美进千万人心目中，成为一件世界级的艺术品。它，回荡着东方大国的昌盛表达与时代的铿锵足音，也折射出一个“大国工匠”迈向世界的抱负与胸襟。

它为人们提供了太多的期待，也为我们开启了无限的想象空间：

待这件作品大功告成，大运河的千年风华与千里风光一望可收，它将成为当地文旅新地标——莆田木雕艺术馆的镇馆之宝，吸引游客纷至沓来，这是毫无疑问的，馆建项目即将动工。

它将迎着大运河的滔滔流水北上，在运河沿岸各大城市巡回展览，激发人们对大运河、对中华优秀文化、对我们伟大祖国的挚爱与深情，这也是可以预见的。

它还将通过屏幕亮相五洲四海，让世界各国观众折服中华艺术的深邃精妙与磅礴大气，敬仰中国工匠的卓越技艺与豪迈气魄，从而引发全球范围的广泛共鸣。

每想及此，着实满怀期待。

我坚信，古老的大运河正以澎湃的涛声，呼唤这件特大型木雕长卷的横空出世，期待这位大国工匠郑春辉携带他的艺术瑰宝，以豪迈英姿迈向世界舞台，续写中华文化的辉煌篇章。

《京杭大运河》创作工场

后　记

跨出莆田美术馆旁的创作工场,《京杭大运河》的创作场景仍在我脑海中翻涌，太震撼了！千年历史与壮阔山河在木雕长卷中交融，仿若一部跨越时空的史诗，气势磅礴，难以言表。

那木雕长卷，宛如古木觉醒之灵演绎的“水之舞”，而执导全局的神奇“导演”郑春辉，分明在以雕刀探测文明的刻度。这让我想起彝人部落的火把节，祭火在毕摩的咒语中升腾，太阳女的银饰折射出星辰的光芒，木头在烈焰中涅槃重生，演绎着凤凰的“火之舞”。

水，是生命之源，滋养万物；火，是文明曙光，淬炼精神。艺术家与祭司，以不同方式丈量生命的纵深，却同样在探索永恒的意义，对艺术的虔诚与对太阳的崇拜，殊途同归，最终加冕为人类精神的图腾。《京杭大运河》所蕴含的独特生命精神，注定会让它成为世界艺术殿堂中的瑰宝。

漫漫红尘，茫茫人海，有幸相遇，便是缘分。

16年前，在“海峡工艺博览会”上，那件米黄色的展品瞬间吸引了我：古榕垂须如时间之帘，石桥弓背驮着岁月，水车吱呀转动着乡愁，牧童牵引着憨态的老牛走向从前……这些元素巧妙组合，编织出一幅如梦似幻的故园诗画，亲切得让人回到了童年。艺术最深的魔力，莫过于让流逝的时光驻留。就这惊鸿一瞥，我便记住了作者的名字——郑春辉。

或许，这就是所谓“神交”吧！无须言语交流，作品便是心灵沟通的桥梁。

地缘的相近，让我与春辉的交往自然而然。我们曾共同搭建微信公众号平台，后来又一同参与“木兰溪治理展示馆”的筹建工作，我负责撰写展陈大纲，他担任艺术指导。我们还一起赴京，为大型雕塑《千军万马战木兰》提出改进意见。再后来，我创作长篇报告文学《兰水长歌》，他的艺术追求成为书中的一抹亮色。采访时，我在昏暗的仓库中看到他创作的《清明上河图》，那扑面而来的巨大震慑感至今难忘，那时他正忙着筹建“春晖木雕艺术馆”。

有趣的灵魂，一半是山川湖海，一半是柴米油盐。郑春辉开朗豁达，做事干脆利落，有着独特的气场。他的性格，融合了不羁的野气、儒雅的文气与豪迈的大气，展现出丰沛的生命张力。

郑春辉有野气，他自幼顽皮，若不然，也不会东涂西抹“抹”出绘画天赋；农忙打谷子时，他曾拿着扁担，追得偷懒的弟弟落荒而逃。他经历过许多身不由己的命运波折：生过病，受过苦，为女儿晚婚发愁。他的作坊也曾因联保同行“跑路”陷入困境。所以，他偶尔也会爆几句粗口，这才是有血有肉、真实鲜活的性情中人。

看来，若无挣脱平庸的野气，难以突破创作的边界。

郑春辉的文气显而易见，接受媒体采访时，他能随口引用“二十四桥明月夜，玉人何处教吹箫”“春风又绿江南岸，明月何时照我还”等古典诗词，谈起名画也头头是道。匠气往往局限于炫耀技艺，而他却能博采众长，汲取诗、书、画、金石等多元知识，钟情戏剧、唱歌、朗诵乃至哲学与玄学，善于与各界名家进行思想碰撞，把丰富的学养与感悟融入创作。古典的优雅与诗情的浪漫，让他的作品灵采飞扬、妙趣横生。

他的文气，得益于中华优秀文化的滋养，也来自后天勤勉的养成。

郑春辉的大气，既体现于待人接物的宽容友善，也彰显于作品的宏大格局。他乐于助人，提携后辈。他义无反顾投身社会公益活动，免费为艺院学生提供实践培训与食宿，慷慨帮助有困难的学徒。人生责任拓宽了他的胸怀，事业追求延展了他的视野。他雕出《清明上河图》的繁盛气象，雕出《千里江山图》的家国情怀，雕向《京杭大运河》的磅礴气势，把木雕的版图拓向诗与远方。

可见，内心强大的人，自有驾驭命运的绝招，更会定义航行的方向。而艺术创作，本身就是一场精神穿越。郑春辉在自然、历史与人生的三维坐标上，探寻新的审美视点，凭借艺术神力，召回神州山水的古老风华；以生命激情，铺开中华民族的伟大传记；展现“挥雕刀作风云”的辽阔与高远，难怪人们把其艺术创新称为工艺美术界的“郑春辉现象”。

我们的时代宛如大运河，奔腾着滚滚向前的叙事洪流，“大国工匠”便是其中最美的浪花，绽放出他们对生活的理解、对事业的态度。他们凭借卓越的创造，展现劳动风采，推动行业发展，树立起社会的标杆。

每个人都是独一无二的，大国工匠也不例外，他们拥有各自不同的人生经历、心灵气质、人格修养与创新奉献。郑春辉便是独特的这一个。

面对郑春辉，我常心生疑惑，这样一位平实朴素的匠人，脸微黑，手粗糙，怎会创作出如此精妙而大气的作品？这背后，不知隐藏着多少艰辛的求索、深邃的沉思与不懈的努力啊！他没有家学传承可依，无缘艺术学府深造，长期扎根在清贫而温馨的乡村。岁月悠悠，或许与艺术早有前缘吧，他将自己的人生“刻”入木雕世界，质朴地感悟生活的无常与艺术的恒在，他的作品中，满是对往昔时光的怀念，对故乡田园的眷恋，对精神家园的探寻，更有对“升级版”家国的殷切祈盼。

生命最壮丽的呈现，并非在抵达亮丽目标之时，而在波澜壮阔的奋斗历程中。

如今，郑春辉已是业界顶尖的“大国工匠”和“国大师”，但最动人的，仍是工场里那个与木头对话的背影，仍是他工作室里彻夜长明的灯光。对于艺术创作而言，这是人品与作品的相互滋养，刹那与永恒的彼此成全，是继往开来的使命担当，守正创新的勇敢探索，是迈向文化通途的激昂奋进。

他让我们深刻领悟到，“大国工匠”代表着蓬勃向上、充满活力的时代精神，在他们的脊梁上、创造中，矗立着我们前进的方向标。

当然，我的解读或许不够深刻。我知道他忙碌，近年与他交流相应少了，一些朋友让我引荐与他见面，我总以“人家太忙了，别去打扰”为由推脱，因此，对他的艺业进境也渐渐生疏。如果本书存在错漏之处，还望读者海涵。

一个时代有一个时代的叙事，一个时代也有一个时代的英雄。大国工匠在平凡岗位上，用卓越的成就诠释了人生真谛，成为时代的楷模。中华全国总工会与中国工人出版社推出这套丛书，为大国工匠立传，是顺应时代召唤的善举。

一元复始，万象更新。值此 2025 年元旦之际，真诚祝愿“大国工匠”群英以及广大读者吉祥如意，前程似锦！

是为记。

2025 年元旦